＼倒數計時！／
學科男孩④

目標！舉辦一場最棒的派對

一之瀨三葉・著
榎能登・繪
王榆琮・譯

時報出版

目錄

1 一大早就鬧哄哄的花丸家……5

2 耶誕節的約定……16

3 圖書館約會！……29

4 「編目記號」探險隊！……39

5 與神奇的書相遇……51

6 愛搭訕的小歷？……61

7 派對準備會議……72

8 送禮物的建議……81

9 奇怪的事件……96

10 嚴苛的現實……108

自然　社會　希望　明日

11 溫暖的馬克杯布丁……120

12 「擄獲妳的心喔！」……129

13 冬天的散步……136

14 小歷「想要的東西」……145

15 目標是最高得分！……159

16 考試的結果……168

17 男孩們去哪裡了？……178

18 小小的奇蹟……191

19 和「家人」一起……204

20 來自神明的訊息……219

後記……237

國語

數學

夢

明日

人物介紹

姓名　**花丸圓**

小學 5 年級。雖然努力唸書，
但成績一直很難提昇。

姓名　**數學計**

小學 5 年級男孩。誕生自數學課本，
言行有一點粗魯。

姓名　**國語詞**

小學 5 年級男孩。誕生自國語課本，
個性體貼又可靠。

姓名　**自然理**

小學 5 年級男孩。誕生自自然課本，
非常喜歡動物和植物。

姓名　**社會歷**

小學 5 年級男孩。
誕生自社會課本，
很懂歷史和地理的知識。

姓名　**成島優**

花丸圓的好朋友。在班上擔任班長，
考試總是能考滿分的資優生。

1 一大早就鬧哄哄的花丸家

「……喂……喂，小圓！」

突如其來的叫喊聲，讓我回過神來。

「……妳該不會想要張著眼繼續睡吧？」

「**咦……？**」

在完全不知道發生什麼事的這一瞬間，我的眼睛大大地眨了一下。

呃……

為什麼小計的臉在快要碰到我的臉的距離……？

而且他的眼睛跟平時一樣，彎彎細細的。

啊，這麼近一看，他的睫毛其實也蠻長的耶……

等等，**現在是怎樣啦!?他未免也靠太近了吧！**

「嗚哇哇哇哇!?」

咚鏗！

我手裡的筷子就像直接飛了出去一樣，掉到地上。

我是**花丸圓**，目前是五年級的小學生。

今年夏天時，我的媽媽突然過世了，所以只剩下我和我奶奶相依為命。

但是，現在卻有四個「學科男孩」跟我們一起生活。

所謂的學科男孩就是從我的數學、國語、自然、社會課本變成人類的男孩。

我因為媽媽過世而陷入憂鬱的時期，他們突然出現在我的面前。

而且──沒想到他們說自己的壽命，是由我的考試分數來決定的！

但是我超～～～級不擅長讀書的，考試還常常不及格……這不就代表如果我一直這樣下去，

他們全部都會被我害死!?

所以從那天開始，男孩們就成為我的家庭教師，開始教我功課。

……嗯，事情的確是這樣……

但是但是但是！

他們雖然是課本，但模樣怎麼看，都是跟我同年齡的男孩**（而且超帥的！）**

突然跟四名男孩一起生活，一般是不太可能發生的吧!?

對我這個長期跟兩名女性居住的人來說，簡直是太刺激了～～～！

（呼，真是嚇我一大跳……）

我在洗完臉後走往客廳的途中，遇到剛才的男孩——**數學計**，他又用一臉莫名其妙的表情看我。

「喂，為什麼一大早就在發呆。我可是在跟妳說重要的事耶，妳有好好聽進去嗎？」

「咦，重要的事？」

糟……糟了。我完全沒有在聽。

於是我著急地重新回憶剛剛的情形。

「呃……」

「就是**那個**呀，已經快到了呀。」

咦，那個是哪個啊？

這個提示根本等於沒有提示嘛！

嗚～。嗚～。我的腦袋拚命運轉，想要回憶起剛才的話。

「啊！」

我「砰」地用拳頭敲了一下掌心。

「對喔！耶誕節快到了嘛！」

「不對啦————!!」

小計瞪大雙眼，整個人撲到小桌子上。

「我說的『那個』是**期末考**！妳根本沒有在聽我說話！」

「對……對不起嘛！但我之前的小考感覺考得還不錯耶。期末考的話，一定也能比以前考得還……」

「妳太天真了！期末考的考試結果關係到我們四個人的生命安危！所以妳現在起，要密集努力**用功！用功！用功！**妳沒有時間在這裡說什麼耶誕節！」

「咿！」

我被小計充滿壓迫感的表情，嚇得全身發抖。

因為在四個學科當中，數學分數比較不好看，所以小計才會那麼嚴格管我唸書。
而他也像這樣每天……不，每個小時都會對我發脾氣。
（哇～又被他教訓了！都怪我睡昏頭一直發呆，我真笨……！）
我開始抱著頭反省時，另一邊卻**「咦」**地一聲，傳來了抗議聲。
「小計，耶誕節是在期末考過後喔。我覺得是我的話，用愉快的心情去面對考試會更有動力喔。」
用天真無邪的口氣說話的人是**自然理**。
他一邊吃著奶奶特製的玉子燒，一邊對小計笑著說。
小理肩上的變色龍小龍，也用很想睡的表情張著口。
因為小理的關係，周遭的氣氛也變得輕鬆了起來。
小計聽了小理的話後，也有些猶豫地唸著：「可是……」。
「對啊對啊，小理說的沒錯。」
接著開口發言的是**社會歷**。

他的身高雖然很高，看起來很成熟，但其實是個友好親切的男孩。

再加上他對女孩很溫柔，所以在學校很受歡迎。

……當然也可以說他這個人只是「很輕浮」啦。

「說到耶誕節，就是我們四個人『**一決勝負的日子**』了～」

「咦？為什麼要一決勝負？」

我這麼一問，小歷開始對我別有涵義地笑著。

「耶誕節雖然對基督教國家是很重要的宗教節日，但對日本來說，不就是『情侶一起浪漫度過的日子』嗎？也就是說，小圓想要『跟我們之中的誰一起度過』，對我們是超重要的事。妳想挑誰都隨妳的意思，就是不能誰都不選喔！」

小歷若無其事地把手放到我的肩膀上。

然後，一口氣把我拉到他的身邊。

「——想不想跟我度過一個難忘的夜晚啊？」

噗嗵！

我的耳朵，都快聽到自己的心跳聲。

「等，等等等一下，小歷！」

「喂！小歷，你在做什麼！」

我與小計都紅著臉大叫。

小歷哈哈大笑，而小理則是整個人向前趴在桌上說：「小歷，你很奸詐耶！」

今天的餐桌前，也像平常一樣鬧哄哄的。

在一旁獨自冷靜喝著味噌湯的**國語詞**，接著說：

「話說回來，耶誕節在日語中會寫成『降誕祭』和『聖誕祭』。換句話說，這個節日是慶祝聖者耶穌基督誕生的祭典喔。」

「降誕……？這兩個字要怎麼寫？」

這時，小詞把手裡的字典拿了起來。

「現在就讓妳看看吧。」

小詞平時都會像這樣拿著字典，只要一有我不懂的字詞，他就會立刻告訴我。

「小圓，請看。」

小詞笑著**一口氣**把我與小歷分開。

被推開的小歷則是在一旁不由自主地「嗚哇」地一聲。

「這個是『降誕』，另一邊是『耶誕』。雖然筆劃很多，不過『誕』意味著誕生，或許妳常常看到。另外，誕的右邊部分是由『延』所組成，記憶時要注意別記成『壬』字。因此，用『阻止耶誕派對延期！』當口訣，記住下方是個『止』字會比較好記喔。」

「阻止延期……，這樣好像變得比較好記了！」

為了記下這個口訣，我用手指對著空氣比劃著。

「真不愧是小圓。我認為像這樣立刻書寫看看，是對記憶非常有效的唸書方式喔。」

小詞的笑容真是溫柔又燦爛。

這麼帥氣的模樣，不禁讓我有點觸電。

可以被他用這麼完美的笑容誇獎，我覺得自己更有努力用功的幹勁了！

只要小詞可以用這種方式教我功課，就算是再難的字詞我都能快樂地記下來。

我們兩人就這樣一起笑呵呵地聊了起來。

「……真是的，沒想到小詞意外地可怕呢～」

小歷有些鬧彆扭地抱怨。

而小詞維持爽朗的笑容，對著小歷說：

「哈哈哈，是在指什麼呢？」

「還說指什麼！那邊是我坐的位置耶！今天早上不是已經抽籤決定好了！」

「欸，我也想坐在圓圓的旁邊喔～！」

「小理別趁機湊過來！今天要坐在小圓旁邊的人是我！你們通通走開啦！」

「喂！你們夠了吧！我可是很認真地要跟她討論期末考的讀書計畫！」

男孩們開始吵成一團。

這時，奶奶從廚房裡跑了出來。

「好了好了。你們那麼有精神很棒喔，不過還是快點把早餐吃完。大家也差不多該出門了喔。」

「咦……哇，真的耶！」

奶奶一聲令下，我們全部都立刻回到座位上坐好。

「兩分鐘後就出發！動作快！」

「是～～～！」

隨著小計的號令，我們全體開始急忙地把早餐吃完。

2 耶誕節的約定

「咦～？這次耶誕派對要去邀請男孩嗎!?」

我一踏進教室裡，馬上就傳來一陣喧嘩聲。

我停下腳步，偷偷往聲音的方向瞄過去。

看起來有一群女孩聚在教室正中央聊天，好像聊得很起勁的樣子。

而且能確定她們聊天的音量，大聲到我跟她們說「早安」也沒聽到。

（耶誕派對啊……）

——明年我們全家人也要一起過耶誕節喔！

腦中突然響起這句話。

我的心裡也因此感到有些刺痛。

討厭……明明是那麼開心的回憶……

我心情低落地走到自己的座位上時，「咦？」我忽然覺得有一種怪怪的感覺。

平時上學一進教室後，我的好朋友**成島優**就會對我道「早安」。

但是我看著教室四周，卻都沒有發現小優的身影。

（好奇怪喔。平常小優都會比我還要早到才對……）

正當我感到奇怪而走出教室探看走廊時，小優剛好正在走過來。

「啊，小優！早安！」

我順口出聲向小優打招呼。

但是，小優似乎在發呆，沒有發現我正對她說話。

因為我覺得小優有點怪怪的，所以小跑步過去找她。

「小優，怎麼了嗎？」

「咦？」

我輕拍小優的肩膀，她就像是嚇到一樣抬起頭看我。

「啊……嗯，小圓，早安。」

小優眨眨雙眼，笑容也有些不自然。

她的精神好像不太好。

因為擔心，我上前看著小優的臉。

「怎麼了？發生什麼事了？」

「……」

我再次詢問小優，她就露出大嘆一口氣的表情。

「其實……我今年的耶誕節可能要**一個人過**了。」

她的表情很落寞，說話也很小聲。

「因為我爸媽這次有工作，必須出遠門……」

「咦，怎麼這樣……小優明明很期待這次的耶誕節……」

「嗯……但事關人命，所以也沒有辦法。」

小優有氣無力地搖搖頭。

小優的爸爸媽媽都是醫生。

雖然小優的父母因為很忙碌，所以全家人很難有機會聚在一起，但之前小優還很開心地對我說：「今年耶誕節放假，總算可以全家一起過節了。」

「小優的奶奶呢？我記得妳說過她每年耶誕節都會來妳們家玩。」

「我奶奶最近有腰痛的毛病，我不希望勉強她的身體，所以也不打算請她過來。」

說完後，小優的肩膀也跟著無精打采地往下垂。

（難怪小優會這麼沒精神……誰都非常想跟自己最喜歡的家人一起過節……）

想到這裡，我的心也開始難過了起來。

腦中想起的是——已經過世的媽媽。

我的媽媽也一樣，耶誕節常常得工作。

因為的爸爸在我還很小的時候就過世了，所以媽媽為了將我扶養長大，常常會拚命工作而不在家裡。

每年快要過耶誕節時，都會一邊露出煩惱的表情，一邊對我道歉說：「對不起，這次不得已必須出門工作。」

雖然這樣讓我感到很寂寞……但是我不覺得悲傷。

因為，我們家的耶誕節是採取「延期制」。

如果當天沒辦法過節，那就隔天再一起過。隔天還是不行的話，就再延到後天。

等到媽媽休假日那天，我們才會開耶誕派對。

有時是十二月二十六日開派對，有時也會變成三十日再開派對。

這時我跟媽媽、奶奶會一起笑著說這樣已經不是耶誕節，而是變成跨年了。

然後……吃蛋糕時，媽媽都會說：

——明年我們全家也要一起過節喔！

（……但那個約定已經無法實現了……）

一想到這裡，我的眼淚就開始奪眶而出。

（……討厭……我明明不想哭的……）

我緊閉著嘴唇，想把快爆發的情緒忍住。

雖然媽媽已經去世三個月以上了，但每次只要想起媽媽，我還是會覺得很難過。

我們有許多重要的回憶。

但我發現就連那些快樂的感覺也漸漸在消失……這樣真的很……難過……

「……小圓……**小圓！**」

「咦？」

我被聲音嚇得回過神來，一抬頭就發現小優擔心地看著我。

「妳還好吧？因為剛才突然沉默起來了。」

「啊，嗯！我沒事！」

我搖搖頭，想把腦中不好的想法給甩掉。

但即使如此，小優依然擔地看著我。

小優就算情緒低落，也依然會很認真地關心朋友……看到她這個樣子，也讓我重新振作起來。

（……好，我沒問題了。）

我握著拳頭，並且直視著小優的雙眼。

「……欸，小優。要不要到我家一起開**耶誕派對？**」

小優發出「咦！」的驚訝聲音。

「跟小圓一起開耶誕派對……？」

「對阿！來我們家一起吃飯、一起過夜喔！而且我奶奶也一定會很開心的！」

我說完後，也逐漸恢復精神。

就算媽媽已經不在了……我還有大家陪在我身邊。

有奶奶、小優，還有那些男孩們。

今年的耶誕節一定能過得比之前更開心！

「小優，妳覺得怎麼樣呢？」

我積極地詢問小優，整個人甚至快把上半身往她那裡撲過去。

這時，小優眼神透露出有些煩惱的樣子。

「呃……我確實很喜歡小圓的提議………但妳們家現在不是有那些男孩寄住嗎？如果我去的話，可能會打擾到大家……」

「咦？打擾？才不會……」

我正要反駁小優的想法，這時，

「——才不會打擾到我們呢。」

聲音是從後面傳來。

回頭一看，原來是笑容滿面的小歷站在我的身後。

小詞、小理還有小計也跟他在一起。

「我覺得大家一起舉辦耶誕派對，是超棒的主意呢！」

「我也贊成。不如大家就一起準備餐點吧。」

「我很想做蛋糕唷～！而且還要做很大的！」

小歷、小詞、小理，他們三個人都很贊成我的提議。

看到他們強力支持我，我也開始不斷地用力點頭。

「那就這麼說定囉！之後大家來討論一下，要怎麼一起準備……」

「——喂。」

打斷我說話的人，是小計。

小計一臉擔心的表情。

「小圓，我認為妳現在沒有時間能輕鬆歡樂地舉辦派對。我知道這件事我說過好幾次，但要是期末考沒考好，到時就……」

小計結結巴巴，而且眼角還偷瞄著小優。

雖然小優知道學科男孩不是人類，但她還不知道**「男孩的壽命就等於我的考試分數」**。

（小計應該是要說如果期末考考太差……到時候**「大家就會在寒假時『消失』……」**）

因為寒假期間不會考試，如果期末考考得很差，大家的壽命最多只能維持到新學期開始之前。

要是事情演變成那樣，就真的來不及了……

這個沉重的現實，直接向我襲來。

（……但是）

我抬起頭，用堅定的表情看著小計。

「我知道，但是……我無論如何，都想為大家舉辦耶誕派對。」

我不想讓我最喜歡的好朋友小優，一個人過耶誕節。

（而且……）

我腦中縈繞著去年跟媽媽、奶奶一起過耶誕節的回憶。

還有跟媽媽之間「明年全家一起過耶誕節」的約定……。

我進入深沉的思考，同時一個個地看著男孩們的臉。

對我來說，他們已經是無可取代的重要家人。

我打從心底希望自己從此能跟他們一起生活下去。

所以……

我想要實現那個**「約定」**。

媽媽每年都會對我說「明年也要一起過節」的那個約定，我覺得這次只要跟大家在一起，也許就有辦法實現……

我不要再一次讓重要的家人，無法實現一起過節的約定了。

我想，

媽媽一定也會在天上守護著我們。

我將心中的想法整理過後，再次看著小計。

「……小計，拜託。我會認真準備期末考，所以**我們一起辦耶誕派對吧！**」

我用堅定的語氣，說出這句話。

我很希望小計可以贊成我的想法。

因為我希望大家可以用一樣的心情，一起舉辦耶誕派對！

「……」

小計似乎在努力理解我的想法，盯著我看……

然後他嘆了一口氣。

「……我知道了。但要是影響了妳準備期末考的進度，就要打消這個念頭喔。」

「這我當然知道！太好啦！」

我開心地抓起小優的手。

「太好了，小優！要舉辦派對囉！」

我跟小優笑著手牽著手，心中也漸漸湧出幸福的感覺。

（希望這次能舉辦，比以前還要棒的派對！）

好興奮、好期待喔！

好～！

我要「一口作氣」，努力實現這個全新的目標！

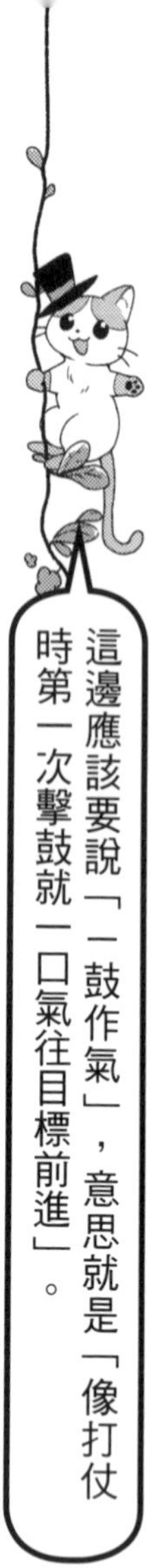
這邊應該要說「一鼓作氣」，意思就是「像打仗時第一次擊鼓就一口氣往目標前進」。

3 圖書館約會！

隔天，上完社會課後。

老師發了一張考卷。

「這是你們下禮拜要交的功課。請大家各自按照考卷上指定的課題，前往圖書館查閱資料！」

老師大聲宣布這個功課後，教室裡的同學們也有氣無力地發出**「蛤～～」**的聲音。

「我們都要複習期末考了，怎麼有時間做這個嘛！」

「最近功課未免也太多了吧？小學生也太忙了吧。」

同學們不斷抱怨著。

（這種要花時間慢慢完成的功課，的確有點讓人傷腦筋……）

偏偏我昨天才向小計保證自己「會努力準備考試」。

在我心裡感到困擾的同時，老師對大家喊著：「安靜！」

「如果不知道如何利用圖書館調查資料，可以詢問圖書館人員。另外，在圖書館裡請遵守禮儀，不要打擾到其他使用者喔！」

話說完，剛好下課的鐘聲也響起。

（這種功課，以前還真少出現耶。）

我看著剛發下來的那張考卷。

這次的社會功課是「使用圖書館內的資料調查考卷上的題目」。

每個人考卷上的題目各有不相同，所以也無法互相抄寫朋友的答案。

還有，為了避免大批學生前往而造成館方的麻煩，所以全班同學要先分成小組，然後再安排好每個小組各要在星期幾前往圖書館。

我要去圖書館的日子是今天，也就是星期二。

我分到的題目是「日本汽車的輸出國家前十大排名（以去年資料為準）」。

（嗯……這種事情要怎樣才能查出來啊？）

在我煩惱這個問題時，眼光偶然掃到坐在旁邊的小計。

小計沒有看剛剛發下來的考卷，只是很專心地在筆記本上寫東西。

啊，對了。小計跟我讀同一班，座位也在我的旁邊。

至於其他男孩就各自讀不同的班級了。

（他在寫什麼啊……？）

我有意無意地往他的筆記本偷看一眼。

（噁！）

一看就嚇了我一跳。

上面的標題寫著「期末考複習規劃表」，下方還有以分鐘為單位，整齊列好的讀書時間。

這八成是要我這幾天開始執行的每日讀書時間表。

（早……早知道就不看了……！）

上面安排的讀書量，光看一眼就快昏倒了。

「功課啊？既然這樣，不如讓我協助妳完成吧？」

回家時，我向小歷詢問關於這個功課的作法，而他也一派輕鬆地這麼回答。

「咦？可以嗎？」

「當然可以！這可是一起到**圖書館約會**的好藉口呢～」

小歷對著我奸笑著。

雖然他突然說出「約會」這個字眼讓我嚇了一跳，但我還是對他說了聲**「謝謝！」**。

如果只靠我自己來完成功課，應該會花掉很多時間。

「那我再請小計調整一下讀書時間表！」

「ＯＫ！……對了，小圓。」

小歷好像忽然想起什麼事情。

「我要先去圖書館，妳過五分鐘以上再過去喔。」

「咦？為什麼？我們一起去呀。」

我們都住在一起了，一起出發就好了呀。

我歪著頭感到疑惑，小歷卻笑瞇瞇地看起來很開心。

「唉，妳真的不懂耶～。約會時先用期待的心情等女孩過來，才是最讓人享受的時刻！我這個人最喜歡等女孩赴約了～」

接著小歷舉起手揮一揮，再說了句「等一下再見啦」，就開心地自己跑掉了。

從我家徒步走到市立圖書館大約有十五分鐘的路程，而且就在百天中學的附近。

我好像很久沒有走到這裡了。

上一次過來，我記得是奶奶帶我到圖書館借繪本，之後不知道從什麼時候開始，就不常來了。

（感覺這裡比記憶中還要小耶。）

我記得以前這裡面很寬廣……該不會是我長大的關係吧？

（那邊的大窗戶附近，印象中好像有讓小孩坐在地上讀書的空間。那個地方應該沒有改掉吧？）

我隨著懷念的心情到處看著，然後就在附近的書架旁看到小歷了。

（啊，他在那裡。）

小歷還沒有發現我走過來。

這時他正用認真的表情，翻閱手上的書。

現在他的側臉給人的感覺跟平時輕浮的樣子不一樣，仔細一看總覺得有點帥。

（小歷本來就很像模特兒，現在這樣站在那邊，感覺真的很成熟呢……）

我一邊心裡佩服小歷帥氣的外表，一邊接近他。

「啊，小圓。」

當小歷發現我走過去時，露出平易近人的笑容。

原本我心中莫名的緊張感一下子就消失了，也跟著笑了開來。

「小歷，今天真的謝謝你。不過我跟小計說要來這裡，他要我一個小時後就回家。所以查資料可以在一個小時內結束嗎？」

「那就看小圓今天想下多少力氣囉。」

小歷把手上的書放回書架上，接著對我說：「好，開始吧。」

「我要先問小圓一個問題。如果妳遇到不認識的詞彙時，妳認為自己要用什麼書查詢資訊呢？」

「呃，不懂的詞彙……是**國語字典**吧？」

我一邊想起小詞拿著字典的模樣，一邊這麼回答，而小歷也點頭說：「答得很好喔。」

「那看到不認識的植物時，又要用什麼書呢？」

「呃……**植物圖鑑**吧？」

「ＯＫ，那我再問妳，想知道足球的正式名稱時，妳又會用什麼書呢？」

「足球的話……咦？足球不就只是足球而已嗎？」

對著睜大雙眼的我，小歷露出得意的笑容。

「其實足球原本叫作『Football Association』。只不過世界上很多國家都使用『Football（足球）』這個簡稱而已。但更特別的就是把足球稱為『Soccer』的國家，就只有日本、美國、加拿大而已喔！還有啊，要查這個知識的話，妳就要找**百科全書**。」

「喔～！」

這兩個讓我驚奇的答案，讓我不小心大聲喊出聲。

（哎呀，糟了。這裡可是圖書館！）

小歷看到我著急地用手擋住自己的嘴巴，忍不住噗哧地笑了出來。

「畢竟人類無法把所有的資訊記下來，所以才會出現字典、文獻供人使用……這種讓人輕鬆取得資訊的環境，從某方面來說，妳不覺得很**浪漫**嗎？」

「咦？浪漫？」

查字典、資料這種事哪裡浪漫了？

只是一大堆資訊密密麻麻地擠在一起，不但很難懂，而且一點也不有趣啊……

「因為啊，」

小歷接著說：

「在我們確實知道要『從哪個線索查閱，才能獲得正確資訊』後，只要繼續調查手上的資料……就會發現我們等於是在直接跟以前的學者、名人、偉人、天才們請教學問呀！」

小歷看起來很興奮地將雙手張開來。

「字典和資料上所記載的資訊，全部不都是經過以前的某些人調查、試驗、記錄嗎？**當我們把書本拿在手上的那一瞬間，就等於是穿越時空跟他們進行對話！**」

「穿越時空，跟某人對話……？」

這樣想像後。

就像看到某個不知道是哪個地方的古代人，為了把事情告訴身處現代的我，所以把自己的知識寫下來。

也許這個人頭上還綁著髮髻。

也許這個人是住在國外的偉人。

以前曾經存在的人們，將自己知道的資訊集中起來……這就是書本。

（小歷說得沒錯……每一個資訊的背後，都是由許多「某個人」努力寫下來的！）

這麼一想，我突然感到更有興趣了。

「小歷，請告訴我這次作業需要查閱的書本！」

我現在好想知道自己要查閱什麼，才可以獲得正確的資訊！

4 「編目記號」探險隊！

「這次我們要用的書，就是『年鑑』。」

聽完小歷的話後，我開始歪著頭，一頭霧水。

黏鍵？

還是年間？念、卷……？

我在腦裡搜尋可能的國字，卻完全沒有頭緒。

「『年鑑』的國字是一年、兩年的『年』，還有圖鑑的『鑑』。」

小歷說完後，我又再一次思考。

「年」的話我知道……，但是圖ㄐㄧㄢˋ的「ㄐㄧㄢˋ」又是哪個字啊？

那個字我絕對有看過，但是完全想不起來。

呃……總覺得那個字給我留下很難寫的印象……

「所以說！我今天要教小圓如何找出方便好用的書。」

「找出方便好用的書？」

「對，我要說的是，不少人都不太清楚的『使用圖書館的方法』。雖然用電腦搜尋書本也很方便，但我個人比較喜歡在不期而遇的情形下，找到好書啦～。」

小歷一邊說，一邊從他附近貼有「本月推薦區」的架子上拿出一本書。

「小圓，妳知道編目記號嗎？」

「咦？編目記號……？」

那是，什麼？

我整個人呆住，小歷則用手指著書本的書背說：「這裡。」

他指的位置是書背下方，也就是貼在書背上的標籤。

這個標籤上寫著「861」。

「這個『861』就是編目記號。這雖然稱為『中文圖書分類法』，但被圖書館用在書本主題的編目管理。數字由左至右分別為『類』、『綱』、『目』。其中『類』是最大的編目層級。而這本書是屬於8類的『語言文學類』，而860是代表『東方文學』，861目則是代表『日本文學』。因此我們只要看到數字，就可以知道是什麼主題的書。」

「喔～！」

確認過一遍這種規則後，我看著書架的其他層，發現其他的書各自貼有「768」和「281」等等數字。

這麼說起來，圖書館的書都是像這樣貼著這些數字標籤。

我到目前為止，都一直沒有注意過這些數字耶。

我認真看著書架上的書本時，小歷說「好了！」然後把手上的書放回書架。

「普通年鑑的編目記號是『058』。所以我先往『0類』的分類區出發吧！我們的隊名就叫『**編目記號探險隊**』！」

喔喔！

聽到「探險隊」這個詞後，我調查資料的戰力往上攀升了。

甚至覺得自己的心情更加雀躍了！

「好～囉！我們出發～！」

首先我們要在入口處確認圖書館的室內導覽圖。

（就跟小歷說的一樣，真的有「0類」耶……！）

馬上就發現「**0類：總類**」的文字了！

而且目標的所在地，好像也離我們很近。

「從這邊直走過去……然後往右轉的地方吧？小歷，我們走吧。」

把導覽圖記在腦中後，我們就開始移動了。

（總覺得好像在看地圖尋寶，真的好好玩喔！）

我一邊踏著輕快的腳步，一邊隨意看著圖書館內的環境。

在知道編目記號的使用方法後，我開始覺得自己正看著以前從沒發現過的景象。

每個書架各自標示著「**909：藝術史**」、「**800：語言學總論**」等分類。

雖然圖書館的每個書架看起來都一樣，但是仔細分辨就能知道每個書架在編目上的不同之處。

（從這邊往右轉的話……）

稍微再走幾步路後，就看到「**0類：總類**」的書架了。

然後我又大致確認了一下書架上的書本標籤，發現可以看到「025」、「031」等號碼，果然這邊真的集中了從「0」開始排列起的分類。

「0類是『總類』。總類的編目定義就是『綜合所有分類的內容，或是不屬於其他分類的種類』。例如：百科全書、雜誌，

小歷的逛圖書館密技！

圖書館裡的書會按照內容主題來分配所屬的編目記號。下表是介紹了台灣所有代表最左邊數字的「類」！這樣你下次可以看著這個表在圖書館裡找書喔！

0 類 …總類	5 類 …社會科學類
1 類 …哲學類	6 類 …史地類
2 類 …宗教類	7 類 …世界史地類
3 類 …科學類	8 類 …語言文學類
4 類 …應用科學類	9 類 …藝術類

都是屬於 0 類的分類。」

「啊，真的耶。雜誌也放在這裡！」

「對啊，雜誌是『0 類 50 綱』的分類」

還有這邊的報紙是用金屬的架子夾住背面，而且還有專用的書架，可以像晾衣服那樣把報紙掛在上面。

看到把報紙掛著的景象，讓我感覺有些神奇。

我很認真地看著這邊的環境時，小歷又繼續說明下去。

「普通年鑑的編目是『0 類 58 綱』中的『逐次刊載書籍』，也就是會以第一期、第二期，每週、每月、每年等發行的出版書籍。例如：雜誌。妳應該也知道會印著『11 月號』、『12 月號』吧？而年鑑則是以每年的方式連續發行的出版品，所以就會被館方編目在這裡。剛才說的年鑑編目記號，妳還記得嗎？」

「呃，我記得是……『058』吧……？」

我有點沒自信地說出答案，小歷立刻對著我用力豎起大拇指。

「答對了！那現在就根據這個號碼，將妳鎖定好的寶物找出來吧！」

呵呵，鎖定好的寶物！

還真像在**尋寶**呢！

「058……058……」

我嘴裡唸著號碼，開始尋找。

這附近是……『047』，是兒童青少年百科全書。

喔～原來百科全書也有分那麼多種類啊。

就連猜謎百科全書都有耶！

我一邊看著每個書背上的書名，一邊用手指著每本書的標籤，並且順著數字找下去。

從03的區域，一直到04、05的區域……。

「……找到了！」

058！

一看到數字進入眼裡後，就馬上把書從架上拿下來。

《學齡兒童年鑑　２０ＸＸ年　最新版》

上面寫著**年鑑**！

我馬上拿去給小歷確認。

「小歷，是這本書沒錯吧？」

「正確答案！」

小歷笑著將手掌舉高。

看到這個動作，我也馬上舉起手跟他擊掌。

「成功了！」

我找到寶藏啦！

「好啦！接著我們到那邊的閱覽區，一起看這本書吧。」

我們在閱覽區坐好後，小歷先說明關於年鑑的事情。

「年鑑這種書，是會每年更新內容並出版的書籍。他們會提供人口、產業，還有環境、政治、交通、傳統文化等各方面最新的真實資訊。在學習社會課的作用上有很大的功用，所以把這件事記下來一點也不會吃虧喔。」

「嗯，我已經清楚的記下來了！」

總之，我現在就開始翻翻看桌上的年鑑吧。

（哇～真的有好多資料寫在裡頭耶！）

有去年所有登陸的颱風路線……啊，連各種運動的世界紀錄都有！

喔喔！原來這些運動員去年留下這麼多世界紀錄啊！

我都不知道耶～。

被激起興趣的我開始熱衷翻閱裡頭的內容——這時，忽然感覺某個視線正注視著我。

「嗯？」

我轉頭看過去，就被眼前的景象嚇一跳。

沒想到小歷兩手托著臉頰，盯著我看。

「……小圓，真的好可愛唷。」

小歷笑瞇瞇的，看起來很開心。

他成熟的表情跟動作，讓我心跳越來越快。

我在圖書館裡很少像這樣小聲說話……

「小……小歷，你這樣就跟平時輕浮的態度沒什麼不同了啦……」

我語無倫次地這麼說。

小歷則是一臉不在乎地微微笑。

「我才不輕浮呢。我只是很認真地這麼覺得，才會直接說出來。事實就是小圓的確是超可愛的女孩。

——**所以我啊，才會最喜歡小圓呀。**」

喜歡。

喜歡……

小歷的話在我的腦中迴響著……

幾秒鐘後。

我的臉馬上漲紅了起來。

（哇～～～！嚇嚇嚇到我了啦～～～！！）

我兩手捂住自己的臉頰。

小歷為什麼能用這麼平常的表情，順口說出這些話啦！

我……我當然知道他的意思是「以朋友的立場」來稱讚我……但是男孩突然對我這麼說，我

還是會被嚇到啦！

這樣很糟耶……我的心跳快到要停不下來了！

看到我滿臉通紅，小歷就像是故意繼續發動攻勢一樣，用手拍拍我的頭。

「哈哈哈，乖孩子乖孩子。」

他說話的口氣就像是大人在逗弄小孩。

可是，我再次偷看小歷帥氣的臉，反而整個人渾身發燙。

（啊～人家不行了！**心臟根本撐不下去了啦～～～～！**）

書本標籤上不只有編目記號，也會有代表作者名字的編號，和整部作品的系列冊數。另外，有時編目記號的數字還有其他標記符號。在你家附近的圖書館裡，《倒數計時！學科男孩》又會貼上什麼標籤呢？

有看到的話，就確認一下是什麼分類標籤吧！

5 與神奇的書相遇

「對了，小圓妳希望自己能收到什麼耶誕禮物啊？」

過了一段時間後，小歷像是突然想什麼般地問我這個問題。

我的功課已經順利做完了，我們也一起看完年鑑裡讓人感興趣的內容了。

「嗯～耶誕禮物啊……」

我往上抬起自己的臉，開始思考著。

「我想要的東西有很多。例如新發售的遊戲、可愛的鉛筆盒、零食……，啊，如果是一年份的布丁，才是最棒的禮物吧！」

「啊哈哈，小圓果然最想要布丁～！」

小歷開心地笑著。

看到他笑，我也跟著笑了。

跟小歷在一起，不管怎麼樣，心情都會很愉快，一不留神就發現自己跟著哈哈笑呢。

「那小歷呢？你希望能收到什麼禮物呢？」

「啊？我嗎？」

小歷的雙眼轉了一下，開始思考。

「我的話……嗯～，這個嘛……」

他環抱著雙臂，認真思考著。

依照小歷的個性，他肯定會說「想跟女孩約會」「想跟女孩去旅行」，這種很輕佻的願望。

光是想像他那個樣子，就忍不著邊笑邊看著他。

「……哎呀。」

小歷忽然把頭轉了過去。

「我想要的東西，可能……**這一生，永遠都沒辦法得到。**」

他嘆了一口氣，眼神顯得很落寞。

突然聽到這麼讓人意外的答案，我忍不住「咦」地發出驚嘆。

「小歷……？」

我有些擔心地出聲叫他，就在下一瞬間——

「**開玩笑的啦！**」

小歷開朗地抬起臉看我。

「欸，要送禮的話，可以在臉上啾一下嗎？」

「咦!?」

「還有，不管是小圓來啾，或是我來啾都可以喔。」

「這……這哪可以啊！絕對不可以啦！」

我很慌張地大力揮手拒絕。

但小歷一臉冷靜地，把食指放在自己的嘴唇邊。

「噓，小圓。這裡可是圖書館喔。」

啊！

我慌忙地看向周圍，甚至感覺到覺得我打擾他們的視線。

這麼丟臉的情況，讓我更加害羞。

「討……討厭！都是小歷害的！我要把書放回去了！」

「好好好。那我就先到出口那邊等妳喔。」

小歷用勝利的表情，對我眨眨眼睛。

又是一臉耍帥的模樣，讓我很不甘心。

我有些氣呼呼地從座位上站起來。

「——對了，小圓。」

剛走出一步時，小歷突然叫住我。

可惡～又要開我玩笑了嗎？

（我這次不會輕易被他戲弄的！）

我調整呼吸後，保持鎮定——不要讓剛才胡鬧的氣氛繼續下去。

但是，小歷卻用認真的表情看著我。

「……關於禮物的事情，妳不用太在意。小圓唸書已經很辛苦了，不需要再把心思放在我們身上。」

小歷的口氣聽起來比平時還要穩重。

而我聽了只能沉默地點頭回應。

（小歷怎麼了……）

我低頭不說話，並且往書架的方向走去。

因為小歷剛才說的話，一直在我腦中打轉。

——我想要的東西，可能……這一生，永遠都沒辦法得到。

這到底是什麼意思？

他只是開個小玩笑吧？

但是，那個表情……

我越想，心裡就越覺得不安。

（小歷平常很愛嘰哩呱拉講個不停，但有時會覺得他忽然離我好遠……就像是，想透露出什麼真心話……）

咚！

「好痛！」

我走著走著，撞到了書架。

我摸著被撞到發痛的肩膀，並且抬頭往上看。

（……咦？）

我好像走到奇怪的地方了。

到處都能看到很舊的古書。

那些書的大小不一，而且和普通書架上的書有點不一樣。

（這是……？）

我確認一下這個書架的分類，上面寫著「**539：民謠；傳說**」。

分類是社會科學類……意思就是社會知識類的書囉？

喔，圖書館還真的收藏了各種不同的書呢……

我隨意地邊走邊看著那些書的書背。

（嗯？）

我忽然停下了腳步。

因為我注意到眼前的某一本書。
這本書看起來比旁邊的書還要舊，而且連書背都沒有。
書頁看起來也黃黃的，看得出來已經有些破破爛爛的。
（這本書看起來很古老。不知道是從什麼時候就已經被收在這裡了？）
我沒有多想，隨手將這本書從書架上取出。
拿出來後，可以發現這本書的書頁是用粗線綁成一冊。
封面是藍色的，而且摸起來感覺很粗糙。
光是拿在手上就覺得整本書的書頁快要掉落了。
（呃……書名是上面這個吧？）
封面的左上方貼著顏色不一樣的細長標籤。

物品寄宿生命・付喪神傳說

我讀了一下上面模糊的毛筆字，我想那應該就是書名了。

（物品……寄宿，生命……？）

噗嗵。

一瞬間，我的心用力地跳著。

（咦？物品寄宿生命……「學科男孩」好像也是這樣子吧……？）

至於後面的國字……又是什麼神的傳說？

既然是神，那應該就是神明吧……？

我緊張地翻開封面，看到裡面有很多相同的毛筆字。

只不過比起封面上書名，裡頭有更多很難看懂的國字。

（這些內容我完全看不懂……但是……）

我一直翻下去，心跳也越來越快

（也許……這本書說不定……跟「學科男孩」有某種關係……？）。

我握著書的手已經滲出汗水。

這本古書看起來有段歷史了。

而且關鍵字還有「物品寄宿生命」、「神」。

在「寄宿在課本中的生命，因為神明的力量而成為人類」的意義上，這兩個關鍵字完全跟學科男孩有關。

如果這本書跟他們有關的話……。

——就表示能從裡面查出關於他們壽命的祕密！

（乾脆把這本書借回家好了！）

我抬起自己的臉，下定決心跨出腳步。

那些男孩們的壽命，充滿了連他們自己也無法理解的祕密。

所以不管是多小的線索都好。

我希望至少能在這本書發現一點答案！

6 愛搭訕的小歷？

借書的手續辦好後，我也將年鑑放回原本的書架上，準備往出入口走去。

（時間好像有點晚了……）

接著，我馬上就看到小歷的身影。

小歷的背正靠著牆壁，透過玻璃門，我可以朦朧地看到他。

他光是保持著這個姿態，就讓我覺得像是漂亮的藝術畫了。

我一邊佩服小歷帥氣的外表，一邊往他的那裡走去。

「不好意思，請問你是藝人嗎？」

這時有一群像是國中生的女孩向小歷搭話。

「咦？說我啊？不是喔，我只是普通的小學生。」

「咦？小學生？還以為年紀比我大！」

「天啊！第一次看到這麼帥的小學生耶！」

那些女孩興奮得吱吱喳喳。

小歷也沒閒著，馬上就露出他清爽又燦爛的招牌笑容。

「我反而覺得各位姊姊才是超可愛的。妳們讀哪所國中呀？」

他那光輝四射的笑容，讓現場的女孩們忍不住開心地尖叫。

看了這個場面，我也只能無奈地搖頭嘆氣。

（小歷老是這樣，實在是有夠輕浮的……）

這時，我的腦中忽然想起一句話。

假如真的被別人告白，要不要接受也是會有點煩惱耶……因為我們不知道自己能維持這種姿態多久。

噗嗵，心臟用力跳著。

之前在戶外教學談到戀愛話題時，小歷曾這麼隨口說過。

不過，當時他難得露出認真的表情，所以讓我留下印象。

那個時候小歷說的話，就等於是在說「學科男孩就算是真的有喜歡的人，也沒辦法自由地跟對方交往」。

他們就算跟對方互相喜歡，要是因為自己的壽命結束而消失，最後傷心難過的人，也是對方……

（……如果小歷不是「學科男孩」，而是普通人類，那他會談怎樣的戀愛啊？）

雖然我現在對戀愛不是很懂……但如果小歷的話，一定可以遇到很棒的女孩，然後談一場很棒的戀愛吧？

即使他平常很輕浮，但只要是打從心裡認真喜歡的女孩，就會好好地珍惜對方。

（如果，他是普通的人類的話……）

我呆站在那裡，一直想著。

「——哎呀，小圓？」

我突然聽到後面有人叫我。

「啊，小優！」

沒想到今天能遇到小優，好開心喔。

「小優也是來準備功課嗎……咦？但我記得小優排到的時間是星期四。」

「對啊。不過我今天來圖書館不是為了功課，是想幫大家準備耶誕派對，所以來這裡借跟耶誕節有關的書。」

「喔喔！」

聽到「耶誕節」這三個字，我整個人的精神就變得很好。

「那小優有發現到什麼有趣的書？」

「嗯……就是這本。介紹世界各地過耶誕節方式的書，內容很有趣喔。」

小優把書拿給我看，而且她說話聲聽起來也很高興。

只是這樣就能讓她覺得開心，所以我看了也高興！

而且我也再次感受到，大家是真的想要合作舉辦一場超棒的派對。

「話說回來，小圓已經把調查資料的功課完成了嗎？」

「對啊，很順利喔！因為有請小歷幫我喔！」

「耶!?」

小優突然像是唱歌破音那樣發出怪聲。

「社……社會同學也來了!?」

而且她的臉開始變紅，突然變得很慌張。

跟小優說小歷的事情時，有時就會像這樣突然變得怪怪的……到底是怎麼了？

我一邊歪著頭感到奇怪，一邊往小歷現在的位置指著。

「小歷就在那邊喔。我們現在已經要回家了，小優也跟我們一起走吧？」

「咦!?對、對對、對啊。到分開為止，我們還可以一起走……」

小優動作僵硬地，往小歷的方向看去——。

但下個瞬間，她的太陽穴冒出青筋。

「……哼！」

小優低沉地笑。

——可是，她的眼神看起來一點也沒有笑！

（啊，對了！小歷現在被那些女孩們包圍著！）

不小心讓小優看到這個場面，我「哎呀！」地一聲，拍著自己的額頭。

因為小優是很正經的人，當然會討厭小歷那種輕浮的言行啊……

（怎……怎麼辦。是不是讓小優生氣了……？）

「……我說，社會同學。」

才剛這麼想的同時，小優就已經一臉氣到不行地直接對著小歷「出擊」了。

「喔～小優。好巧喔，妳也來圖書館喔～」

小歷一臉笑嘻嘻地說著。

但是，小優環抱自己的雙臂，氣呼呼地狠瞪著小歷。

「這裡是圖書館。要吵吵鬧鬧就到外面去說！」

「哎呀，抱歉抱歉。各位姊姊們，我朋友來找我了。下次再見啦～」

小歷似乎沒有被小優的態度嚇到，照樣笑瞇瞇地跟國中生們道別。那些女孩雖然一臉覺得有點可惜的樣子，不過還是揮揮手跟小歷說「掰掰～」，然後就走進圖書館裡。

「好啦，小優為什麼來圖書館……欸？」

小歷才剛轉頭過去，就看到小優已經走出玻璃門外。從小優用力踏步的背影就能看出她相當生氣。

「唉～你又惹小優生氣了。」

我出聲告訴小歷，但小歷卻傻傻地眨著雙眼。

「咦～我有做什麼嗎？」

「我猜可能是你跟女孩搭訕的關係，因為小優她不是很喜歡這種行為。」

小歷聽了眼睛睜得更大。

「我搭訕？我只是跟她們推薦我愛看的長篇歷史小說而已……哎～算了，反正我平常就是那樣，就算被誤會，我也沒什麼好解釋的。」

小歷一邊苦笑，一邊搔著自己的頭。

「那小圓，妳有把書確實放回去嗎？」

「啊，有的，沒問題了！但是……」

我話說到一半，就將手往包包伸過去。

（把那本書，拿給小歷看吧。）

讓很懂歷史的小歷看那本書，說不定可以發現什麼。

在我把手伸進包包裡，才覺得自己的視線掃到玻璃門那邊有什麼東西時——，

「……咦？」

我被嚇了一跳。

「咦……小計!?」

小計為什麼在門那邊一直看著我們……不對，比較像是被他緊迫盯人。

可是他為什麼跑到這裡來!?

「真的耶，他為什麼也來這裡？我看還是快回家吧。」

「對……對啊……」

小計的視線還挺可怕的……

我慌張地跟小歷走出去，而小計有些尷尬地把眼神飄向旁邊。

「小計，怎麼啦？」

「你……你們太慢了，所以我過來看看。要是再拖到小圓唸書的預定時間，我會很困擾的。」

「咦？可是還不到一個小時啊。我們說好是花一個小時的時間……」

「從……從這裡慢慢走回家，就會花上二十分鐘吧！如果也算上你們回家的時間，就非常有機會超過一個小時！」

小計皺著眉頭，快速地碎唸著。

（咦～？明明還不至於超過時間，沒必要那麼生氣吧……）

小計這個人，對時間真的很愛計較耶。

我嘟著嘴，感到不滿的同時，小歷「哼哼」地笑著。

他笑嘻嘻跑去用手指頭戳戳小計的肩膀。

「哎唷~小計也會說這種話嗎?其實你是看我跟小圓一起出門,才會擔心吧~?」

「呃……蛤?別說傻話!」

小計生氣地發出怪聲。

然後他用很快的速度背對著我們,「受不了,你老是這樣……所以我才……」一邊碎碎唸。

「咦?小計,你在說什麼?」

「少……少囉唆!小圓!妳功課完成的話,就快點回家!不要拖慢唸書的行程!」

「啊,好!」

在小計的催促下,我只好慌忙地跨出回家的腳步。

(好像找不到機會討論那本書……)

我邊走邊偷看自己的包包。

本來還想把剛才的書拿給小歷看看的。

（不過仔細想想，這本書或許先不要告訴男孩們比較好。）

因為準備期末考才是目前最優先要關心的事情。

如果浪費時間在其他事情上，肯定又要挨小計的罵。

7 派對準備會議

「所以我說了，這樣會超出我們的預算啊！」

小計的聲音在客廳裡迴盪著。

緊接著而來的，就是小歷**「咦～」**的不滿聲。

「但這是難得的派對耶？還是要大方吃吃喝喝才對呀～」

「想要讓派對成功，最優先考量的就是用適當價格，使用適量的材料準備需要物品。小歷，是你從剛才開始就隨自己的意思隨便提供意見。」

「好了好了。」

小詞過來安撫小計。

「小計，現在點子多一些也無妨。畢竟不是全部的意見都會實行。」

「這樣說是沒錯……」

「——說到這裡，我不打算退讓自己提出的『特大巧克力蛋糕』方案喔。」

「……所以我說小詞——」

「我要請小丑來現場做氣球！小計，一定要買一大堆氣球喔～！」

「……」

小計以外的三個人，不斷說出自己想要實現的派對點子，讓小計聽得頭冒青筋。

「所·以·我·說……**你們提的那些意見會讓錢不夠用啊!!**」

……就像這樣，他們從剛才就一直吵個不停。

因為說「星期日來召開耶誕節準備會議」，結果卻變成這樣。雖然小優跟男孩們可以來我家討論是不錯啦……

男孩們的意見好像會一直互相衝突，所以會議並沒有什麼進展。

明明是用準備考試的休息時間特地開會討論，但他們再這樣下去，很多時間就會被浪費掉。

「你們，不要再吵了啦！這可是大家要一起過的耶誕節耶！」

我介入他們之後，男孩們全都一臉不情願地閉上嘴巴。

接著，氣氛馬上就陷入尷尬之中。

這時，小優乾咳一聲打破這短暫的尷尬。

「首先，我們把到目前為止所提出的點子都寫出來，並且也把大概的消費列出來，再來一起決定要採用哪些吧。」

小優冷靜地展開筆記本。

多虧了小優，讓尷尬的氣氛一掃而空。

（小優，謝謝妳！）

我一邊感謝可靠的好朋友，一邊看著筆記本裡的內容。

「小優，這個A和B是什麼意思？」

「我們要分成兩個小組。耶誕節的正餐是A組、點心是B組、裝飾是C組、遊戲跟餘興活動是D組。我認為根據小組的分工可以平均採用大家的意見。」

「原來如此！」

這張表把重點整理得很清楚，讓人很容易讀懂。

就像我每次在學校看到小優的筆記

小優親自教你如何整理筆記！

我要整理筆記時，通常會注意以下三個重點。
如果各位也有推薦的筆記整理方式，也請務必告訴我喔！

❶ 分類或分組

跟派對會議的例子一樣，分好組後，就能讓許多項目看起來更清楚，更方便閱讀。

❷ 畫重點

先把覺得很重要的項目變得更顯眼。在畫重點時要用一眼就能讓自己馬上發現到的顏色。

❸ 寫下感想

如果有不懂或覺得很棒的項目，可以用問號或驚嘆號標記並寫上感想。重新檢視時，就能發揮效果喔！

本，裡面整理的內容都很好看懂。

我佩服地看著小優。

「我有意見要發表！」

舉手的人是小歷。

「我們乾脆直接去買一棵大杉樹吧！過耶誕節就一定要有這個！」

「這個提議必須駁回。」

小優馬上反對。

「如果購買真正的樹木，大的似乎也需要兩、三萬日圓，所以一下子就會超出我們的預算。」

「咦？原來那麼貴喔!?」

比我想像中的還貴耶。

這個提議的確不太適合……

「怎麼這樣啊～～但是美國明明就有很多家庭每年購買杉樹過節耶。」

「是啊，我知道，這本書上有寫。」

對於小歷的抱怨，小優把前陣子在圖書館借到的那本書拿出來給我們看。

「種樹過耶誕節的習慣，據說是從以前北歐的冬至慶典開始的。」

「喔喔～真不愧是小優！真的很好溝通呢！我就是要像這樣，在耶誕節跟大家一起研究世界的歷史、文化！你們看，這下我的提議已經有兩票了喔！」

小歷開心地比出「耶！勝利」的手勢。

但小優看了以後，一邊的眉毛往上挑起。

「……很遺憾讓你失望了，因為我是『不買』的那一票。」

「**咦～～～～!?**那我們來**投票表決**吧！投票表決是最基本的民主手段！輸了的話就不能有意見喔！」

……就這樣，我們投票表決出結果了。

同意買杉樹：1票

不買：5票

「因占壓倒性多數，所以我們決定不買樹了。」

小優在C組方案的「購買杉樹」上畫了叉叉。

「啊啊！我的夢想啊！」

小歷在一旁悲傷地大叫。

小優像是對他很無奈地聳了聳肩。

「你未免太誇張了。小圓的家本來就有樹了，用那個代替也不錯啊。」

「嘿嘿，雖然我家的樹只是放在桌上的迷你尺寸啦。」

雖然對小歷有點抱歉，但我覺得只有那個就很足夠了。

「呿。本來還很期待跟大家一起圍在樹邊，說一下古日耳曼人的耶誕節歷史的……」

小歷一邊碎碎唸一邊退下，接著換小理舉手想發表意見。

「接下來換我，我希望以『**嚇一跳實驗室**』為主題，來做創意料理，希望大家能支持我！會有煙火蛋糕、火烤全雞！而且雞肉還要用淋酒燃燒的方式料理……」

「火焰表演很危險，小梅奶奶才不可能會答應。還是採用我的『**油炸綜合米果**』會更省錢省

事。」

「怎麼可能～，小梅奶奶一定會答應的！小計從剛剛就一直反對，你這樣很無聊耶～！」

小理直接對小計發牢騷。

就在大家吵成一團時，忽然有人在筆記本上刷刷地寫著。

原來筆記本上「**特大巧克力蛋糕**」的項目被圈了起來。

「小……小詞？」

我叫著他的名字，小詞像是被嚇到似地動了一下。

「我……我一直很憧憬《丸里和古拉的

耶誕節》繪本中的特大巧克力蛋糕……！」

小詞的手不停發抖。

同時，其他男孩一發現事情不對勁後，一起回過頭看向小詞。

「小詞你很賊耶！也讓我圈自己的意見啦！」

「小詞！你犯規了唷～～～！」

「喂！喂！你們不要推啦！不要壓在我身上！不要拉我～～～！」

注意到小詞在筆記本上偷畫圈後，其他男孩為了爭奪筆記本，像是雪崩一樣推擠在一起……

啪噠！

結果全摔倒在放著筆記本的桌上。

8 送禮物的建議

「……今天就到此為止。因為現在就算繼續討論，也不會想出好點子。」

額頭腫起來的小計，用很不高興的眼神瞪著大家。

其他男孩也一臉難為情般地，將眼神飄到其他地方。

「小圓，妳五分鐘後就要去複習數學。」

「……好──。」

我有些失望地回應小計。

（唉。難得大家聚在一起，結果卻是這樣結束會議……）

男孩們沉默地站起來，一個接一個離開客廳。

接著，小優也跟著站起來準備離開。

「……我也該回去了。我還得寫完補習班的作業。」

「啊，好……真的很不好意思，難得妳特地來我家……」

我向小優道歉後，小優馬上對我搖搖頭。

「因為我們人數多，所以很難把所有人的意見整合好。這件事我們下次再一起討論吧。」

「嗯……」

我很失望地垂下肩膀，但這時小優的手碰了碰我的肩膀。

我一抬頭，就看到小優正對著我微笑。

「小圓，我們一起期待派對吧。」

「……嗯！」

我也以笑臉回應她。

這次開耶誕派對的計畫，本來就是因為我想讓小優打起精神。

但要是讓小優反過來擔心我的話，就變得沒意義了。

（……我好想讓這個派對，可以成為讓小優和大家快樂參加的聚會。）

我心中再次強烈地這麼希望。

目送小優到玄關後，我再度走回客廳，客廳裡只剩小計一個人。

小計坐在小桌子旁邊，看起來正在安排複習用的考卷內容。

「……欸，小計！」

我故意出聲向小計搭話。

小計短短回了一句「做什麼」，然後看向我。

我能看出他現在還處於不耐煩的狀態。

「我……那個……對了！**小計你想要什麼耶誕禮物呢？**」

我想靠愉快的話題改變現場氣氛，所以突然對他提出這個問題。

小計稍微皺了一下眉頭，然後嘟囔著回答我：

「小圓的滿分答案券。」

「嗯……」

他……他的意思是要我期末考考滿分嗎？

（即使這麼說，但我的數學最高分紀錄只有三十分耶？突然要我考滿分未免太……）

在我很認真地陷入煩惱時，小計嘆了口氣。

「也就是說，我不需要什麼禮物。要是妳有精神去想這種無聊事，還不如趕快回房間準備複習功課。我等一下也會立刻過去喔。」

小計把話說得有些無情。

總覺得心裡有些不甘心。

雖然他平常就是這種態度，但沒必要說「想這種無聊事」吧……

我垂頭喪氣地走出客廳，就看到小理坐在樓梯旁。

「啊……問你喔小理。你有沒有想要的耶誕禮物呢？」

如果是小理，可能就會有讓人意外的建議，或是說出很多有趣的意見！

我心裡非常期待小理可以給我驚喜。

但小理先是有些煩惱地看看我……然後搖起頭來。

「嗯～……我沒有特別想要的東西耶。」

「真的嗎？沒有什麼想要的嗎？」

「對啊，沒有想要的東西唷。」

聽了小理的回答後，我心裡又開始覺得低落。

（真奇怪……通常聊到禮物的話題時，都會變得很高興才對吧？）

如果是我的話，被別人這樣問就會開心得不得了，然後開始陷入幻想中……

聽了他們這樣的回答，我整個人有氣無力地走上樓梯。然後到了房間門前，看到小詞站著那裡。

「……小詞你呢？想要什麼耶誕禮物？沒有嗎？」

我向小詞提出問題，但也順便預測了他的答案。

接著小詞回答：

「我沒有想要的禮物。只要能看到小圓有朝氣地過著每一天，我就心滿意足了。」

他這麼回答道。

雖然這麼體貼人的答案很符合小詞的個性，但我想聽的不是這個啊……

「……這樣啊。」

我的心情又更加低落了。

再加上之前問小歷時，也得到「不需要禮物」的答案，這就等於我被他們四個人拒絕禮物了。

雖然我不一定能依照他們的期待來準備禮物，但我還是很想要他們可以說出一點自己的願望，這樣禮物準備起來，也會比較輕鬆。

……總覺得，好像只有我在期待派對。

不知道是不是我跟他們的期待不一樣，還是他們看待派對的心情其實跟我不同？

……說不定那些男孩沒那麼期待耶誕派對。

（這個派對本來就是我勉強他們舉辦的。也許剛才他們會吵起來，就是因為他們心裡很不情願準備派對……？）

我的內心，忽然產生這種負面想法。

雖然我並不想這樣……

「……小圓？妳怎麼了？」

小詞出聲表示關心。

我聽了，馬上笑著回答。

「沒有！我沒事喔！」

但即使如此，小詞還是很關心我的狀況。

在我想著不能讓他太過擔心，而將視線往下閃躲時——我突然回想起一件事。

「……對了。小詞，可不可以借我字典呢？」

小詞用有點驚訝的神情看著我，然後把手上的字典拿了起來。

「當然可以。小圓想要查什麼呢？」

「嗯，只是想查一點小事而已。」

「如果你願意的話，可以讓我幫忙嗎？」

「咦！不用啦！我自己沒問題的！」

我慌張地不斷揮手。

「這樣啊……」

小詞有些遺憾地這麼說。

雖然看到他這樣讓我有些心疼……但關於那本古書的事情，我覺得還是先對男孩們保密會比較好。

「小詞，抱歉。我——」

——這個時候。

我發現我們兩人之間的距離，靠得很近。

（咦……？）

小詞的臉，就在我的眼前。

看著他清澄的雙眼，簡直讓我忘了呼吸。

「不需要向我道歉。只是……小圓，**我希望妳可以更加依賴我。**」

噗通！

難得看到小詞露出這種表情，讓我在一瞬間心動了。

（哇、哇、真糟糕……小詞不管什麼表情都超帥氣的……！）

我的腦中一片空白，心臟也不停地怦怦跳——。

「……別在意。」

這時小詞的表情放鬆了不少。

「抱歉說了讓妳為難的話。我今後會奮發圖強，讓自己成為一個可靠的人。」

小詞微笑著，就走進男孩們的房間了。

目送他的背影離去後，我的心還是跳個不停。

（分花塗牆、分花塗牆……嗯，怎麼都找不到啊……）

到今天複習的時間結束時，已經晚上九點了。

我在睡前隨意翻著跟小詞借來的字典。

由於白天小詞對我說「分花塗牆」，所以我想查一下到底是什麼意思，可是我卻什麼都查不出來。

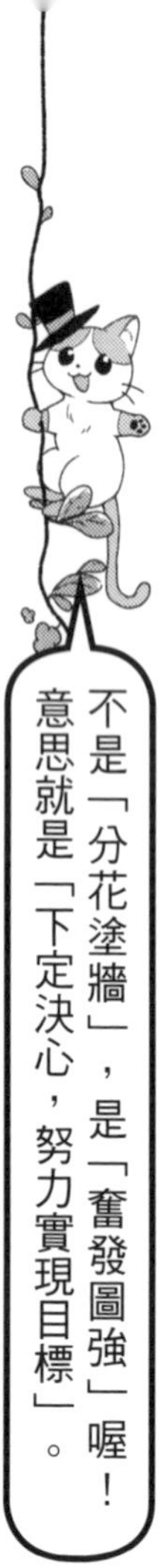
不是「分花塗牆」，是「奮發圖強」喔！
意思就是「下定決心，努力實現目標」。

小詞平常都會說一些很難懂的詞語，我常常會聽不懂到底說的是哪些個字。

我明天還是直接去問小詞好了……呼啊……

（哎呀，開始想睡覺了）

今天也一樣唸了一整天的書。

不過，我現在還是得努力保持清醒才行！

我搖搖頭把打瞌睡的感覺甩掉，打起精神從字典中翻找想查閱的頁數。

（呃，「**付喪神**」的「**付**」是「付錢」的「付」，所以先從「ㄈ」開始找吧？）

因為小詞教過我使用字典的方法，所以現在我已經變得很會查字典了。

（「ㄈㄤ」、「ㄈㄥ」、「ㄈㄨ」……應該就在這附近了……）

我用手指指著字典上的內容繼續向下找。

（——找到了！）

> **付喪神**　①長久使用的物品，因附有靈體而變化成的妖怪，
> 　會蠱惑人心。※

（喔～原來「付喪神」是這個意思……）

我大致上看過一遍簡短的說明。

嗯～。

雖然這個說明跟學科男孩很像……但又覺得有點不太一樣。

「物品附有生命」這句話的意思是指「付喪神」。

但是我的課本又不會很舊，而且那群男孩也不會「迷惑人心」。

雖然知道那本古書的書名有什麼涵義，但謎團依然沒辦法獲得解答。

（……果然沒讀懂那本書的內容，就什麼都不知道吧？）

我嘆了一口氣後，再把視線轉轉到月曆上。

耶誕節那天，畫了一個紅色的圈圈。

還有在前一天也寫上「期末考」三個字。

（希望派對……可以順利辦成……）

想起今天會議的狀況，我不由自主地嘆了口氣。

為什麼今天的會議是在那種情況下結束呢？

也許……大家不是那麼想舉辦耶誕派對，其實心裡很不願意吧？

還是說他們有什麼煩惱，心裡累積太多壓力才會那樣……？

（啊……）

我忽然發現一件事。

（對啊，他們都是「學科男孩」。他們的身體壽命是有限的，既然知道是有期限的……當然會覺得討論耶誕派對很累……）

因為大家平常都很有精神，所以我不小心忘了他們也有這個煩惱。

每天要在意考試分數和自己的壽命，這種生活一定比我想像中，還要有壓力。

更何況掌握自己生命的那個人——也就是我，還悠悠地說「大家來開耶誕派對吧」，他們只要一想到這裡，當然有可能會不想認真討論派對的事。

（或許不要開派對，大家就不會吵架了吧……？）

但就在我這麼想的下一個瞬間，我的腦中同時閃過小優跟媽媽的臉。

（不行……我果然還是很想開派對。我希望大家能在耶誕節時，開心地聚在一起。）

只不過我雖然很積極地想實現開派對的期望，但過程卻不是那麼順利。

如果可以不用煩惱考試……還有男孩們的壽命該有多好……

（啊！對了……！）

我猛然地把臉抬起來。

這個計畫只要能成功，那一切煩惱都可以解決了。

——如果能讓男孩們成為「真正的人類」也許……

這麼一來，大家就跟普通的小學生一樣，不但會期待耶誕派對的禮物，也可以讓準備派對變得更輕鬆愉快。

不用擔心壽命的問題，愉快的心情就不會受到阻礙，他們也許能比過去更享受每一天的生活。

這樣的話……我跟他們就不會像現在這樣，難以溝通心意了。

「……」

我再度低頭看著古書。

（如果這本書寫著關於他們壽命的祕密……！）

我將自己的視線用力集中在那本書上。

我決定要找出那個方法。

盡快找出讓男孩們成為「真正的人類」的方法，然後告訴大家。

如果能趕在耶誕節前找到……那就會成為最棒的耶誕禮物了！

（雖然我現在非常想睡，但還是要撐一下……盡量找到我想讀的內容！）

我勉強睜著沉重的眼皮，開始專心翻閱著字典跟古書。

9 奇怪的事件

那天之後，我每天都過得很忙碌。

這是因為我同時進行著期末考前複習、準備耶誕派對、解讀古書三件事情。

複習時最麻煩的就是必須把注意力集中在四個學科上，但現在「複習」之外又加上「派對」和「古書」，一天下來有好幾次要強迫自己的大腦分開思考，真的很累人。

而且看古書的時候只要遇到一個看不懂的字，就必須查字典，結果讓解讀無法有太大的進展。

至於準備派對的部分，男孩們還是一樣意見不和，讓會議很難有結論……

不管哪一個，都無法照我的想法順利完成。

再這樣下去，我也不知道能不能讓耶誕節可以圓滿度過……

班會結束後，我在自己的座位上想著。

（我記得運動會的時候也很辛苦，很多事情都很難在同一個時間完成。）

不過想到這裡時，我又搖搖頭否定了這個想法。

那個時候，大家至少團結起來，同心協力地完成目標。

但是現在的狀況跟那時候完全不同……

想起當時的情形，現在反而讓我覺得有點寂寞。

再這樣下去，大家的心意就會一直無法相通，我才不要這樣。

（我果然還是該快點把那本書解讀完成……！）

「——小圓，怎麼了嗎？」

走廊上有人叫著我的名字。

仔細一看，原來是小歷手拿著班級日誌，另一手對我揮著。

他今天應該是值日生吧？

我呆看著小歷，然後他一臉擔心地走進教室。

「怎麼了？妳的臉色好難看，沒事吧？」

「咦？」

我著急地搖頭否認。

「沒事，我的精神很好喔！我只是有點恍神而已，可能是想睡覺吧？」

「喔～原來是睡眠不足啊！我只是覺得妳最近很忙而已……」

小歷用手托著下巴，好像在想些什麼。

看到他這個表情，我忽然想起一件事。

（……咦？這麼說起來，好像快要滿兩個禮拜了？）

我看著貼在教室裡的月曆。

跟小歷一起去圖書館借書的那天是禮拜二……到今天的話，就剛好過了兩個禮拜！

我記得跟圖書館借的書，要在兩個禮拜內歸還。

（可是我幾乎沒有讀完，可以的話還想再借久一點……對了，可以跟圖書館的人問一下能不能申請延長借書！）

所以我決定在回家的途中，先到圖書館一趟……

「——小圓。」

我獨自陷入思考，但這時旁邊的座位傳來小計的聲音。

小計把書包拎起來背到肩上，站了起來。

「一起回家吧。」

「咦？」

「我想跟妳討論一下妳明天的唸書行程，我們邊走邊講比較不浪費時間。」

聽了這句話，讓我有點不知如何是好。

「呃……這個……」

我今天必須在回家的路上，繞到圖書館去。

（但是小計要是跟著的話，我偷偷借那本古書的事就會被他知道……）

唉，我要怎麼辦才好啊。

「小圓睡眠不足，精神不是很好的樣子喔。」

小歷過來對小計這麼說道。

「今天的複習可以讓她放輕鬆一點，稍微休息一下嗎？」

「真的嗎？小圓。」

小計擔心地看著我。

我很慌張地雙手在空中揮著。

「沒有沒有，我完全沒問題！我現在精神百倍！感覺是個健康花丸喔！」

「健康花丸？」

小計跟小歷疑惑地看著我。

（那……那個是我不小心亂取的啦！不用那麼認真！）

突然讓自己很尷尬後，我只能馬上拿起書包離開座位。

「小計，今天我要自己先回去了！還有小歷，再見！」

我對著他們兩個人說**「謝謝！再見！」**後，立刻拔腿就跑。

然後我一個人衝出教室。

（……這樣感覺有點不好耶……）

我在走廊轉角處，偷偷往後看。

只是瞞著借古書而已，卻像是在做壞事……現在這樣子，我也很無奈啊。

出了學校後，我盡快往圖書館跑去。

為了避免小計起疑，我加快腳步到達圖書館入口附近的櫃台。

「你好，我想申請延長借書。」

「好的，這裡為妳服務喔。」

櫃台的姊姊滿臉笑容地接下我的借書證和古書。

但是，下個瞬間那位姊姊歪著頭「嗯？」地一聲。

「……這本書不是我們這裡的書喔。」

「咦？」

我訝異地回答，櫃台的姊姊開始仔細地向我說明。

「圖書館因為方便管理書籍，會貼上附有條碼的標籤。標籤一般會貼在封底，也就是在這個位置。標籤會顯示收藏那本書的圖書館名稱，但這本書卻找不到標籤……」

「但……但是我很確定自己是在這邊借出來的！」

我雙手撐在櫃台上大聲說著，還嚇到裡面的一位工作人員阿姨，轉過頭來看我。

我慌張地壓低自己聲音：

「大約兩個禮拜前，星期二借出來的。請妳幫我查一下。」

「……我知道了。」

那位姊姊的表情有些困惑，拿著借書證，皺著眉頭在電腦裡輸入資料。

接著她看著螢幕尋找借書紀錄……然後又用相同的表情開口說：

「嗯……查了這張借書證，還是一樣沒有相關的借書紀錄喔。」

「怎麼會……」

不該是這樣。

看著難以接受事實的我，姊姊還是將那本書與借書證退還給我。

「就目前可以知道的資訊來看，我可以肯定這本書貼的可能是其他圖書館的標籤。但這麼古老的書通常會是圖書館『禁止借出』的貴重書籍，大多時候是不可能外借的。所以是其他圖書館館藏的可能性也很低……建議再問問家裡的其他人，或許這本書其實是妳家人所有的私人物品也不一定喔。」

「但……但是。」

這時，我感覺後面有人站著。

原來有一個拿了很多書的老伯伯，正在後面盯著我看。

如果我一直賴在這邊不走，會給別人添麻煩的。

「……謝謝妳。」

我向櫃台的姊姊點頭道謝，再從她的手上接過那本書。

（好奇怪……我借這本書時，記得明明有標籤啊……）

我遠離櫃台，再度認真檢查這本書。

但不管怎麼看，這本書就跟姊姊說的一樣，完全找不到標籤。

而且我的借書證裡，也沒有借過這本書的紀錄……

（是我弄錯了嗎？是不是那天想太多事情，所以才會恍神了啊……？）

但是……

如果真的是我弄錯了。

——那麼這本書又是從哪裡來的？

這本書是我家裡的書嗎？

這件事我覺得有必要回家向奶奶問清楚……

（……但是，我還是覺得這本書是在這間圖書館借的……那天我在尋找年鑑的途中，不小心

走到「民謠；傳說」那邊的書架……）

我現在再去那邊，找找看。

我先在入口處的導覽圖確認位置，然後快步走過去。

「539：民謠；傳說」

（沒錯，這個書架的第三層，記得是從左邊找起……）

我憑著記憶尋找當時發現古書的地方。

（……應該是這邊才對……啊……但是……）

但看到那個位置的瞬間，我反而對自己的記憶越來越沒信心。

書架上被其他書塞得滿滿的，看起來已

經沒有再放入一本書的空間……了吧？

（難道是我找錯書架了……？）

我又稍微在圖書館找了一下，但無論再怎麼找，圖書館裡專門放古書的書架就只有這邊。

我也很確定兩個禮拜前，就是在這邊的這個書架。

我拚命運轉著開始混亂的腦袋，並且看著拿在手上的那本古書。

上面依然寫著筆劃繁雜的國字，而且不查字典，我完全讀不懂。

……雖說我就算查了字典，也照樣看不懂內容就是了。

我開始翻著古書隨意看著。

「……？」

就在這時，我的指頭用力抓著書。

我的視線正緊盯著某一頁。

——有一頁的內容跟其他頁面明顯不同。

上面寫的不是國字，也不是英文，是我沒看過，看起來有些奇特的……文字？

不對，我也不敢肯定那些是不是文字。

這一頁的字看起來全都亂糟糟的，而且樣子很不固定，很難辨識，反正就是很奇怪。

但是，這個怪得莫名其妙的一頁，卻讓我無法忽略不管。

（就是這個……這一頁絕對有什麼特別的地方……！）

雖然理由說不上來，但我的直覺就是這麼認為。

我想把**這一頁解讀出來！**

我幾乎忘了呼吸，就這樣在原地呆站了一陣子。

10　嚴苛的現實

（我看還是跟男孩們說一下那本古書的事好了。）

我這麼想著，並且走出圖書館。

只要靠大家的幫忙，我覺得一定可以解讀出那一頁的內容。

這麼一來……**就能知道如何讓男孩們成為真正的人類了**。

我難以壓抑心中振奮的心情，快步趕回家中。

「我回來了！……咦，大家怎麼了啊？」

回到家後，看到男孩們聚在客廳。

總覺得氣氛有點嚴肅耶。

（……是不是發生什麼事了？）

我小心翼翼地，從他們的旁邊走過去。

這時——。

「今天我們要進行**臨時模擬考**。」

小計這句話，嚇得我心臟快要跳出來。

「咦？模……模擬考？」

「這個模擬考是期末考的考前猜題。我們會根據這個模擬考的分數，分配妳之後幾天每個學科的複習時間。」

「咦～！怎……怎麼這麼突然啊！」

……但不是突然抽考的話，也就不會叫「臨時模擬考」了嘛……

我在心裡自言自語時，小計又接著說：

「這是為了讓我們都能活下去，所以才要更完善地分配妳的唸書時間。每個學科的考試時間是三十分鐘，現在立刻開始模擬考。」

然後考卷就出現我的面前。

連心理準備都沒有，就必須直接面對考試。

「考卷已經批改好了喔。」

每個學科的考卷寫完後，我在房間裡等他們批改完，現在小詞過來通知我了。

我抬起沉重的步伐走下樓。

（有種不好的預感……因為我剛才一直很在意那本古書，考試時完全無法集中注意力……）

我擔心地走進客廳，接著馬上看到男孩們在小桌子旁坐成一排。

總覺得，空氣中有股不對勁的感覺。

嗚……果然有不好預感……

我緊張地吞了一下口水，然後就在男孩的面前坐下。

「……小圓，這些就是妳**真實**的處境。」

小計靜靜地這麼說。

我握著拳頭，並且將視線往下看著答案卷。

數學……八分

國語……十六分

自然……十四分

社會……十八分

「不……不可能……」

分數比我預想中的還要低，當場把我嚇得說不出話。

男孩們成為家教的時間，已經大約三個月了。

我不但變得比以前還要更想用功唸書，而且明明之前的小考也有很大的進步……

我震驚地說不出話的同時，小計開口說道：

「學校的寒假有**十四天**，考試則是在結業式的前一天，如果將下學期開始前無法去學校的其他放假日算進去，我認為期末考的最低分數最好能是**三十分**。加上還有長假期間可能會發生無法預料的突發狀況……所以模擬考這種分數，實在無法達成以上目標。」

平常看到我考成這樣，小計一定會生氣地大吼：「考這是什麼分數！妳真的有在認真考嗎!?」

但這次他卻冷靜地敘述目前的情形。

他這樣子，反而更讓我感到事情的嚴重性。

「必須多加唸書的時間了……對吧？」

我低著頭小聲地說。

我知道期末考已經剩沒幾天了，現在得好好集中精神認真複習。

（這樣的話，我只能暫時先不管那本古書了……）

其實我只想在耶誕節前，先解讀出古書的內容而已。

但現在不能證明古書的那一頁對男孩們有用，所以最好還是把複習考試範圍，當作優先任務……

我喪氣地垂下肩膀時，小計又說出了讓我更震驚的話：

「複習時間的確要加強……但妳也應該按照約定，**中止耶誕派對。**」

咦……。

（中止耶誕派對……）

——但要是影響了妳準備期末考的進度，就要打消這個念頭。

——這我當然知道！

聽到小計這麼說，我才猛然想起之前跟他的約定。

「**等……等一下！**開耶誕派對是因為我……」

「妳的臨時模擬考裡，因為有計算錯誤和錯字，才會扣很多分數。這代表妳根本沒有辦法集中精神考試。耶誕派對害妳有這種成績，按照約定中止舉辦也是很合理的啊。」

小計馬上就把「派對害的」說出口，我卻無法反駁。

因為現在就算說出那本古書的事，恐怕也只會討他的罵吧……？

「但是……但是小計……！」

「──**小圓**。」

小計將我的話打斷。

「如果妳像上次運動會那樣怎麼辦？」

他用冷靜且強硬的語氣說著。

這件事確實沒辦法跟他爭論。

我……之前曾經為了運動會的練習和考試太勉強自己，因為累壞了而昏倒。

那個時候的確讓大家為我擔心。

而且冬天更該注意身體健康，因為很容易染上流行病，就連學校也發傳單告誡我們要特別小心這一點。

（如果勉強自己做一大堆事情，讓身體出問題的話，說不定又會在考試當天昏倒……）

我想像著這個最嚴重的後果。

如果在我病倒的時候沒有去考試……那麼就會全部考零分了。

這樣一到寒假……放寒假的時候，大家就會消失了……。

（不行……**我絕對不要這樣啊……！**）

我的心跳漸漸變快。

不安的感覺簡直就要從胸口裡衝出來。

（但是……中止派對的話，小優就要孤單度過耶誕節了……而且我還想跟大家**約好**「明年再一起辦派對」……）

……小計說的也沒有錯。

正如小計說的，我的確跟他約定好了。

我沒有好好遵守約定……就是我的不對。

這些道理我都懂。

但是……但是……！

我什麼話都沒說，只是緊閉著嘴。

「小計，停辦派對也太過分了吧？」

這時，小歷出聲反對小計的意見。

「其實可以規定小圓『在考試結束前禁止準備派對』，準備派對靠我們就夠了。而且期末考的日期就在耶誕節前而已，不太可能會影響唸書吧？再說，小圓努力唸書後，順利通過期末考，耶誕派對不就剛好能當成慶功宴嗎！到時候大家也可以開心玩啦！」

但小計卻搖頭否定小歷提議。

「你錯了，我們才是最應該把時間拿去想辦法幫小圓提昇分數的人。哪怕只有一分也好，也必須想出最有效的方法。在『考完試後就開派對』這件事本身就不利於專心唸書，小圓現在這樣幾乎無法集中她的注意力。」

小計很果斷地否定。

就在這時，小詞以一句「但是」來加入討論：

「我認為有值得讓人期待的目標，才更能維持用功唸書的動力，所以我也贊同小歷的意見。

不如我們等期末考結果出來後，再來決定是否舉辦耶誕派對吧。」

「等考完再來決定？我們可沒辦法這麼悠閒。想知道結果的話，現在這個模擬考分數不就是結果了。」

「啪！」小計一掌拍在桌子上。

不過，小詞並沒有因此退讓。

「我能理解現在的狀況很嚴峻。但是，我們也必須將小圓的心情放在第一位。畢竟我們就是她的課本。」

「你的話說得真美。要是我們真的消失，那說什麼都沒用啦。我可是有一堆事情想要完成，才不想就這樣死掉！」

小計跟小詞的交談語氣，變得越來越對立。

我身處於現在的惡劣氣氛中，只能很慌亂地想辦法出口制止。

怎麼辦。都是我害的，害他們又開始吵架了……

「——你們不要再吵了！」

提高音量大聲說話的人是小理。

小理罕見地用生氣的表情，看著小計和小詞。

「你們為什麼要吵架？大家如果不同心協力，就不能辦出好派對啊！我……我只希望大家能玩在一起。可以快快樂樂、高高興興地跟大家一起玩……！」

小理抱著小龍，肩膀不停顫抖。

之後，氣氛陷入一陣沉默。

（……都是，我的錯……！）

現在我變得不知道該怎麼辦才好……

腦中一片空白，整個人就只能呆站在原地。

啪！啪！

小歷拍了拍手。

「今天就到此為止。大家在冷靜下來以前，都不要討論派對的事情。聽懂了沒？」

小歷的表情很嚴肅，而且看得出來很不高興。

對這些話，其他男孩們都不約而同地輕輕點了點頭。

小歷皺著眉，看了我一眼。

「……對不起，小圓。」

小歷用沒人能聽到的音量說著，然後就走出房間。

11 溫暖的馬克杯布丁

雖然男孩們表面上不再吵架了，但一直到晚上，他們看起來還是沒有互相交談的樣子。除了討論唸書的課程表、幫奶奶做家事這類必須開口交談的情況，其他時候則完全沒有交談。

就連每天一定會為了小事大吵大鬧的吃飯時間，今天也變得靜悄悄的。

就像是回到……媽媽剛過世時，只剩我與奶奶兩個人一起在餐桌前的時候。

（也許耶誕派對已經開不成了吧……）

吃完飯後，我一邊洗碗一邊不停想著。

（因為我很重視大家，所以才想跟大家一起開派對、努力想辦法解讀古書……但反而，讓大家的感情變差……）

我這個人老是做一些白費工夫的事。

不管是考試唸書、準備派對、解讀古書，我都以為自己可以順利處理好。

但現在結果卻變成這樣……真丟臉啊……

我的碗洗到一半，就開始緊抓著手上的海綿。

擠出來的泡泡不斷地滴落。

滴下去的聲音就像是一道黑影正逐漸壟罩我的心——。

「——小圓。」

聽到有人在叫著我的名字，我也因此回過神來。

原來是奶奶在叫我啊。

「小圓，要不要吃甜點啊？」

溫柔的聲音觸動著我的心。

奶奶一定也發現，我們相處的氣氛很不對勁吧？

之前向奶奶說了派對的事情時，奶奶也很高興地說「我好期待呢」……。
（但現在讓奶奶看到我這樣的表情，只會讓她擔心而已……）
一想到這裡，就讓我無法回頭。
「……奶奶，對不起。我要去唸書了……」
就在我低著頭背對著奶奶時，奶奶忽然抓起我的手。
我嚇得抬起頭，看著奶奶。
「其實奶奶已經準備好一個，絕對能讓小圓開心的豪華甜點喔。」
奶奶俏皮地對我眨眨眼。

我接受奶奶的邀請後，就前往簷廊坐著。
現在已經是十二月，晚上開始變冷了，所以簷廊的地板坐起來很冰涼。
（記得秋天的時候，我還蠻常在吃完晚餐後到這裡吃甜點……）
我呆呆地回憶著，而且還望著清澈的冬季夜空。

男孩們似乎都回房間去了，客廳裡已經看不到他們的身影。因為看到家裡這麼安靜，感覺簷廊好像也變得更冷了。

「來，請慢用。」

奶奶坐在我的身旁，將上面正冒著熱氣的馬克杯拿給我。

「謝謝奶奶。」

我在說謝謝的同時，也順便偷看一下杯子裡。

奶奶要請我喝什麼啊……？

「嗯？這是……？」

抖動的Q彈模樣，還有著雞蛋色澤。

這不是喝的飲料吧……？

「這個是馬克杯布丁喔。」

「咦？布丁!?」

我趕緊將鼻子湊到杯子旁聞，的確聞得到甜甜的香氣。

沒錯！這肯定就是布丁的味道！

「作法的第一步就是砂糖跟水混合後拿去微波爐加熱，然後就能完成焦糖了。然後在焦糖上面倒入混合好雞蛋、牛奶、砂糖的蛋液，接著再拿去微波爐加熱一遍。最後再靠它自己的餘溫加熱，就能簡單完成這個布丁囉。這是彩繪信箱的朋友教我的食譜喔。」

「耶～！」

我忍不住心中的期待，立刻就拿起湯匙。

柔軟滑順的表面像是自動把湯匙的前端吸進去一樣。

舀起來後……就看是帶著熱騰騰水蒸氣的Q彈布丁。

「……好好吃喔！」

放進嘴裡的一瞬間，溫暖的甜味馬上就在嘴裡擴散開來，我的身體也因此洋溢著幸福的感覺。

布丁，果然厲害啊！

布丁冰冰地吃很好吃，但熱熱地吃感覺又變得更棒了！

「啊～真的太好吃了！」

我不小心就一口氣吃光光了。

身體暖和起來後，內心也感覺跟著變暖和了。

（呼……）

我兩手捧著還有一點餘溫的馬克杯，抬起頭看著天空。

接著我又嘆了一口氣，接著變成白白的霧氣。

我忍不住又開始想著剛剛發生的事，然後奶奶說了一句：「我想起一件事呢。」

「小圓，妳還記得嗎？妳五歲時跟小華在耶誕節前，**大吵了一架**。」

「咦？媽媽跟我吵架？」

啊～這麼說起來……

啊，好像真的有這回事耶。

記得那時是因為，媽媽忘了訂耶誕節蛋糕，然後我哭得很慘……

「對不起嘛。反正其他蛋糕都可以當天買到，所以這次就算了吧？」
「我就是要那個蛋糕！才不要別的！」
「但是，剛才打電話過去，已經說都賣完了。」
「都是媽媽的錯！我不理媽媽了！耶誕派對只要我跟奶奶兩個人就可以了！」
「妳很過分喔！既然這樣，那媽媽就真的不來妳的派對喔！」
「不來最好！」

……現在回想起來，我那時說話真的很任性也很過分。
那時我很堅持蛋糕上一定要熊寶寶耶誕老人的裝飾，否則全都不要！
「那之後我們又是怎麼樣和好的呢？」
我這麼一問，奶奶也只是聳聳肩說：「不知道呢。」
「到了耶誕節當天，妳們兩個人又像是沒發生過什麼事一樣。雖然我懷疑妳們之間有說好什麼，但最後我還是不知道妳們怎麼了。小圓，妳想得起來嗎？」

「嗯～……」

好像有發生過什麼，又好像沒有……

畢竟五歲發生的事情，以前的記憶都有些不清楚。

雖然吵架時的內容都還記得就是了……

我想著想著，然後身旁的奶奶就微笑著說：

「反正**家人**之間，偶爾就是會這樣嘛。」

「咦？就是會這樣？」

我歪著頭感到疑惑，奶奶卻還是「呵呵」地微笑著。

「家人就是不管吵多大的架也會一下子就和好，而且之後回憶以前吵架的事，也會用『原來發生過那樣的事呀～』一笑置之。不過……我覺得越是像這樣的家人，只要有許多珍貴的回憶，彼此就越容易產生強烈的牽絆。」

強烈的牽絆……

奶奶的這句話在我心中不斷迴響著。

（我，有辦法變成這樣嗎？跟男孩們可以成為這樣的「家人」……）

我的心中湧現一股不安，並且回頭看著沒有人的客廳。

——這個景象，就像是去年的耶誕節。

以往我每天都會數著耶誕節派對到來的日子，一點一點地準備派對。

每天用心裝飾著客廳。

每次看到裝飾，心裡都會非常期待派對那天的到來。

（但是，今年……）

眼前所看到的只有沒有裝飾、空無一人的空間。

心裡有一種寂寞感侵襲而來。

如果再這樣下去，派對大概真的會停辦。

都怪我沒有好好專心唸書……

（我好想跟大家一起……一起準備派對喔……）

我兩手捧著慢慢變冷的馬克杯，對這個情景呆望了好一陣子。

12 「擄獲妳的心喔！」

（唉……）

我雖然坐在書桌前，心中卻這麼嘆息著。

現在輪到複習國語的時間。

由於今天是星期天，所以從早上開始就已經排了滿滿的唸書課程。

雖然讓小詞教我功課是很快樂的事情，但今天這樣一直唸書唸下去，還真有點累人呢。

（呼！）

我停下拿著鉛筆的手，忽然把自己的視線移到月曆上。

之前在二十五日的位置上畫上紅色大圈圈，現在看來依然醒目。

而且只是看著而已，心情就會變得更低落。

（從那天開始……我們就沒有再提起派對的事了……）

從那次吵架以來，大家似乎都想避開這個話題。

也因為這樣，大家一直沒有和好，所以這種讓人不習慣的氣氛還在持續著。

還有，因為「可能會停止舉辦派對」，我還向小優道歉。

小優聽了雖然一臉遺憾的樣子，但是並沒有太深入追究我們家的情形。

也許，小優多少也察覺到男孩們有些異狀了吧？

也許，我在小優面前說話又要更小心一點了……

（不過……我雖然不敢說出停止派對的原因，卻還是說了「會再跟大家溝通一下」，但我根本不敢再向男孩們提起辦派對的計畫……）

因為我現在該優先做的事就是唸書……

在我恍惚地思考這些事時，筆記本上的字看起來也漸漸模糊，我開始變得想睡覺。

（哎呀……糟糕……）

突然一股睡意侵襲而來。

雖然我拚命壓下這種感覺，但卻越來越無法抵抗。

接著，我的意識也越來越不清楚……

——忽然間，我發現自己正站在一個安靜的地方。

眼前只能看到周圍環境好像是霧霧的白色空間。

而且在我的前方……好像有個人站著。

……那個人是誰？

（……是媽媽嗎？）

我開始仔細看著，然後發現景色越來越清楚。

媽媽似乎在跟某個人講話。

我看不出那個人是誰，也看不出是什麼模樣，就連說話的聲音也聽不見。

不過，媽媽的確就站在那裡，說話的表情看起來相當認真。

（這是我的記憶……？還是別的什麼……）

就在我呆呆地看著她們時，媽媽突然用力地點著頭。

媽媽把手伸出去，看起來是接過某個東西。

我仔細一看……

那竟然是一本……古書……？

「啊！」

在我的頭直接往桌面倒下時，一瞬間我驚醒了。

現在我眼前所看到的是國語考卷。

還有我的書桌、我的房間……

對了！我在發呆的時候，不小心睡著了！

不行不行！我要專心唸書才對……

（……奇怪？我剛才好像有做夢……但又是什麼夢啊……）

「辛苦了，小圓。」

我身後忽然傳來說話的聲音。

轉頭一看，原來是正在微笑的小詞，闔上字典。

「雖然有點早，但這次唸書的時間，還是先告一段落吧。」

「咦？可是……」

「我已經把模擬測驗中的重點都整理好了，所以沒關係喔。我認為小圓的健康才是最重要的。在小歷來交接前，這段剩餘時間就慢慢休息吧。」

小詞把話說完後，就離開房間了。

我看了一下時間，現在是下午一點四十五分。

再過十五分鐘，就是複習社會科的時間了。

我的心裡有些猶豫，但還是把手伸進書包裡找古書。

（不如趁這個時候，再多解讀一下那本古書吧……）

雖然這麼想……但我的手又停止翻找了。

（比起看那本古書，現在更該多複習國語才對……而且還要預習接下來的社會……）

我必須把唸書放在第一順位。

要解讀那本古書，就得確實考好期末考……

正當我不斷想著該怎麼做時，

窸窣窸窣。

忽然聽到窗戶外傳來聲音。

嗯？我疑惑地抬起頭來。

「咦！」

我被眼前的景象嚇得睜大眼睛。

窗外——小歷居然就在窗外!?

(咦!?可是這裡是二樓耶!)

在我幾乎嚇得快要大叫時,小歷舉起食指抵在嘴邊「噓」地一聲。

接著我在忍著驚慌的情形下,打開窗戶。

往外面看後,我才知道小歷站在玄關的屋頂上,而且剛好就在窗戶的正下方。

(啊,真是嚇壞我了……我還以為他會飛呢……)

不過,現在仔細想想,要爬到那個屋頂上,也要費很大的工夫吧?

在我對小歷的行動感到驚訝時,小歷靈活輕盈地跳進房間裡。

然後——

他就像童話故事裡的王子那樣,單膝下跪並牽起我的手。

「——我的小公主,現在我要來取走妳的心了。」

13 冬天的散步

「哇！天氣好好喔！」

我對著天空大大地伸著懶腰。
我看到很有冬季感的藍天白雲。
大口呼吸新鮮空氣後，心中那種霧茫茫的討厭感覺也跟著散去了。

這裡是某座大型自然公園，就在我家附近。
除了普通的遊樂器具之外，還有攀爬架、噴水池、小池塘等等，現場有很多小朋友和老人，是許多人喜歡聚在一起的地方。
我小時候也會像這樣，常讓媽媽跟奶奶帶到這裡玩。

「但是瞞著大家偷偷跑來這裡不太好吧？」

「沒關係啦，反正現在是我安排唸書時間。小圓一直關在房間裡，還是得出來透透氣啊～」

小歷在我旁邊笑得很燦爛。

看到這個表情，我的心裡也跟著變得輕鬆。

（只是到外面透透氣而已，心情就完全不一樣了呢。）

如果一直待在房間裡，也許反而會越來越難專心唸書。

而且我自己也不敢主動要求想出門散步，所以這次能讓小歷趁機帶門真是太好了呢。

「謝謝你，小歷。」

我再次向小歷道謝。

忽然間，小歷停下腳步。

「那個，……小圓。」

我看著小歷，總覺得他的表情很嚴肅。

到底發生什麼事？我的腳步也跟著停了下來。

小歷先是沉默了一段時間，像是欲言又止般地開口說道：

「……小圓，妳是不是開始討厭唸書了呢？」

「咦？」

面對這個讓人意外的問題，我不由自主地回應。

小歷低著頭，用很不安的表情繼續說：

「因為這次期末考的複習課程表排得很滿嘛，而且小圓也一直在忍耐很多事，會覺得『唸書很無聊！』也不奇怪……」

我馬上搖了搖頭。

「不會的。雖然有點累，但是我並不討厭呢！因為大家都想盡辦法讓我快樂地學習。」我是真心這麼想的。

在男孩來我家教我功課前，不管我再怎麼努力提昇分數，心裡老是會痛苦地想著「每個學科都是滿江紅」「全都不懂」「好無聊」、「反正我一定考不好」……

但是現在我對唸書的態度變得很積極，反而覺得「唸書好有趣！」

這是因為大家改變了我的唸書心態。

「不過……要是沒有考試、壽命這些跟期限有關的事，我覺得更能用自己的步調開心唸書呢。」

但這也沒辦法呀，畢竟男孩們都是從課本變成的「學科男孩」嘛。

我苦笑著說著自己的感想。

「……這麼說也沒錯。」

小歷將自己的視線往下看。

情緒這麼低落……而且表情看起來也很難過。

（奇怪？小歷怎麼了……？）

看到他突然這樣，我著急地湊過去看他的臉。突然間，我的手被小歷抓住。

「咦!?」

「被我抓到了吧～♪」

面對嚇一跳的我，小歷笑了起來。

小歷牽著一臉驚訝的我的手。

和女孩子不一樣，小歷的手又大又充滿力量。

他溫暖的體溫從手上傳過來，讓我心臟噗通噗通跳著。

「因為在約會，所以我們應該要牽手走吧。」

「**才……才不是什麼約會。**只是轉換一下心情。」

「啊……可是這個年紀的男孩女孩如果走路不牽著手，不就沒有約會的感覺了嗎？」

沒……沒有約會的感覺？……即使這麼說。

我不知所措地急忙往前走。

小歷也用同樣的步調走在我的旁邊。

「……」

總覺得很難冷靜下來呀。

我偷偷往上看，可以看到小歷整個側臉。

「好冷呀～」小歷下意識地這麼說道。

（這，這下，真的像是情侶約會一樣了啦……！）

這樣一想，身體忽然整個發熱。

「嗯？」小歷看向我疑惑地笑著。

那自然的表情也太帥了吧，我的身體又不自覺地越來越熱。

「無、無論是誰看了都不會覺得是在約會啦！絕對，不會覺得是……」

我碎碎唸著，小歷忽然瞪大眼睛。

「為什麼？」

「什、什麼為什麼，我跟小歷一看，就只會覺得是兄妹關係呀。」

而且我們身高差那麼多。

我那麼小一個，而小歷的身材根本就像是模特兒一樣……

（……啊？不過，仔細一想，如果小歷是哥哥的話，不是超棒的嗎？）

他那麼帥，又時髦，緊急的時候很可靠，根本是最棒的哥哥呀。

如果，小歷是我的哥哥的話，我就想在路上驕傲地逛著。

就在我正這樣幻想地走著時，

緊抱。

我被突然地抱住，因此停下了腳步。

……嗯？抱住……？

咦咦咦咦咦!?

我因為過度驚嚇，所以在心中大叫。

（咦!?等……等等!?現在是怎樣!?）

我嚇得目瞪口呆，整個人當場僵住。

因為！這樣子根本是……

傳說中的「背後擁抱」吧……!?

「——這樣我們就像是一對情侶了吧？」

小歷在我的耳邊細聲低語。
他用比平時還要小聲的音量，在我耳朵旁輕輕說話。
（小歷他那張成熟的臉孔，現在一定又在偷笑了……！）
不過，光是想像他的表情，就讓我的心跳開始加速。
「等……等一下，小歷……！」
我終於擠出一句話。
那瞬間，抱著我的雙臂突然迅速鬆開，我的身體也被放開。
「小圓，妳的臉很紅喔。」
小歷輕快地跳到我的面前，而且還哈哈笑著。
被他這麼一說，我的臉感覺更燙了。
「還不都是你害的啦！」
「哎唷。」
我本來要用手拍打小歷的肩膀，卻落空了。

小歷躲過我的攻擊後，還是一樣盯著我呵呵笑。

「沒打到喔～」

「小歷你這個人真是的！」

「又沒打到，我不會輕易就被妳抓住喔。」

小歷咧著嘴笑，而且還故意跑給我追。

「我一定要抓到你！」

我急促地呼吸，用盡全力追著小歷。

14 小歷「想要的東西」

「呼～呼……我……我跑不動了啦。」

我上氣不接下氣，直接倒在草皮上。

「我也是……我竟然會跑到兩腳發軟……」

小歷也跟著倒在我的身旁。

我們剛才就在公園裡到處追趕跑跳。

一下子爬上小朋友才能玩的溜滑梯，一下子坐著盪鞦韆……反正就是在公園裡玩起來了。

雖然季節早就已經到了冬天，但我們兩個人卻玩得滿身大汗。

因為覺得我們剛才很好笑，所以我放聲笑了出來。

「哈哈，小歷剛剛爬溜滑梯的時候很好笑耶！站在其他小朋友之間，看起來就像混進一個高中生！」

「小圓自己還不是一樣，還被看起來大概三歲的小女孩說：『不可以插隊！』」

「哈哈哈！那個小女孩還乾脆不玩溜滑梯，跑出來認真指揮排隊，好可愛喔！」

我一邊笑著，一邊擦掉額頭上的汗水。

此時，有一陣風輕輕吹來。

這陣清爽的冬日涼風，剛好吹涼了渾身發熱的我。

「……真的是太好了。」

小歷忽然這麼說。

正當我在想他覺得什麼太好了時，發現小歷注視著我的臉。

「小圓果然還是最適合開心地笑著呢。」

說完後，小歷又笑了開來。

看到他這樣，我也笑得比剛才還要更開心。

跟小歷在一起，真的會在不知不覺間笑起來呢。

不……是他希望我能笑的吧？

「……小歷，最近大家的想法都不太一樣，我覺得有點寂寞。」

我很自然地把心中的感覺說出來了。

小歷就像是早就等這個時候很久了一樣，先是「嗯？」地一聲，再溫柔地點點頭。

看著他的表情，我也接著說出心裡想說的話：

「我真的很期待今年的耶誕派對，為了可以辦出最棒的派對，我用盡了全力。……但是，大家不但都說自己不想要禮物，而且準備會議上還吵起架來。所以，派對也因此不得不停辦了……總覺得整件事只有我自己想做而已。」

我說了那天吵架以後，大家一直避談的話題。

現在我再次說出口後，心情也立刻變得比較輕鬆。

當然，我也知道自己一定要好好唸書才行。

畢竟我的考試分數會影響到大家的壽命，因此我也認同小計說的「沒有閒工夫辦派對，不如好好複習功課」。

但是……

這些話我很難說出口。

「……這陣子讓妳感到不安，真是抱歉。」

小歷溫柔地說著。

「雖然我嘴上說不需要禮物，但並不代表我不重視派對呢。我只是希望辦派對的計畫不要為小圓造成負擔。我猜不是只有我這麼想……另外那三個人，應該也是這麼認為。」

「說什麼造成負擔……」

「我知道小圓的意思，妳一定也覺得這不是什麼負擔。」

小歷一邊回應我的話，一邊靜靜地微笑著。

他的表情看起來很成熟，不由得讓我感到心動。

就像是看透我的心事一樣。

在我感到害羞而移開視線時，小歷忽然唸著「嘿咻」，並且站了起來。

「想解決這個問題，我認為方法或許很簡單。」

「方法很簡單？」

「對啊。因為我們每個人的目標都一樣。但是，『為了達成這個目標，就必須先完成某些事』的想法，只要出現不一樣的地方，我們就會互相對立、變得無法團結……從歷史的角度來看，有一些例子就是因為一點點小小的意見不和，就演變成大規模的戰爭。」

我一邊聽著小歷說的話，一邊站起來。

同時，小歷也順手拍掉我背上的草。

作為回報，我也拍掉小歷背後的草。

我們兩個人互看了一眼。

自然而然地笑了起來。

「我們之間所吵的架，到頭來也不過只是小小的意見不和喔。要是能整理好思緒，再冷靜地找出重新討論的機會，就有辦法把問題解決。所以……」

——這時，小歷的腳下滾來了一顆足球。

往遠方一看，發現一個大約五歲的男孩快步跑了過來。

小歷馬上把球撿起來，遞給那個男孩。

「給你。跑過來撿球很厲害喔！」

小歷笑嘻嘻地說著。

男孩聽了有點不好意思，害羞地說了聲「謝謝」，接著拿走球後，就跑了回去。

在另一邊等著男孩的應該是他的爸爸，而且還對我們點頭表示道謝。

在那附近還有一位媽媽，過來牽著這個走路還有些不穩的男孩。

看來，他們是全家過來公園玩。
那個把球拿回去的男孩，現在正對著父母露出笑容。
小歷用溫柔的眼神看著這個情景，接著開口說：
「我啊，比起還很遙遠的將來，更想好好保護『現在』這個時刻。比起想要得到還沒到手的東西，更想保護現在就在身邊的重要事物。」
他看起來不像是在跟誰講話，反而像是在自言自語。
小歷只是眺望著遠方的景色，隨口說著感想。
我不知道該如何回答，所以只是安靜地在旁邊看著他的側臉。
「至於什麼才是我該優先達成的目標，老實說我心裡早就很明白了。所以我一直以來，都會提醒自己不要忘記的初衷就是……」
小歷沒有把話說完，只是看著我。
「我啊，想要讓小圓能隨時開心地笑著，也想笑著看著那樣的妳。我覺得我會站在這裡……也許就是為了達成這個目標。」

小歷原本握著的拳頭慢慢攤開來。
接著他將攤開來的手移動到我的面前。

「我絕對會保護妳的笑容。」

小歷像玻璃珠般的眼珠就這樣注視著我。
他的眼神既溫柔又堅強。
而且還感覺非常溫暖。
……真不可思議。
如果小歷是平常的態度，我聽到他說出這麼帥氣的話，一定會心跳不已。
但這次聽到這句話，卻覺得自己全身被大毛巾給包住，內心湧出滿滿的溫暖。

「……所以說啊。」

小歷忽然放大自己的音量。

「要是妳願意把事情交給我辦，所有問題就可以順利解決了。小圓不需要勉強自己，只要專心讀書就行了。還有啊，要是又有誰讓妳傷心難過，我會好好教訓他們，用敲的也要把他們敲醒！」

「咦？」

用敲的!?

突然說出這個有些危險的字眼後，小歷又露出了惡作劇般笑容。

不過，我也被他逗笑了。

心裡的大石頭也因此完全清除掉了。

「……接下來我會努力準備期末考喔！其他事情就在考完後，再來想辦法！」

我終於把心中的煩惱，去除了。

我只顧著自己想讓大家理解我的想法，卻忘了自己最該達成的目標是什麼。

就像小歷說的——比起還很遠的將來，「現在」更重要。

專心唸書吧。

為了可以跟大家一起安然度過寒假，現在要努力唸書！

我下定決心，握緊拳頭。

「謝謝你，小歷。幸好有跟你聊天！」

向小歷道謝後，小歷微笑著回應：「不客氣。」

接著，他輕快地站了起來。

「好啦，我們也差不多該回家啦……」

「──啊，可是小歷。」

我忽然想起一件事，叫住了小歷。

「剛才說的事，有一點我不同意。」

咦？小歷驚訝得眨了眨眼睛。

就在我要站起來時，他的手也伸過來扶起我。

他的手很大、很溫暖。

「小曆現在能站在這裡……不是為了讓我開心地笑。

——而是為了跟我一起開懷大笑喔！」

小曆睜大眼睛看著我。

一直注視著我，沒有做出回應。

平時的話，他大概會很誇張地大聲說：「我牽到小圓的手啦！」

但是這次他的眼神裡有點落寞，笑容似乎還有些為難。

……小曆偶爾也會有這種表情呢。

對了，那個時候也是……

「……小曆，我記得之前你有說過你不需要禮物。」

我謹慎地提出話題。

在那之後，我思考了很多事。

雖然男孩們沒有告訴我想要什麼耶誕禮物……但所謂的「禮物」，或許本來就不該是以這種形式求得的。

當然，如果對方本來就願意收到禮物的話，憑著送禮的建議而讓對方開心的確比較好。但「我想送禮」的這個打算，基本上是我個人的想法。對於收到禮物的人來說，其實是我在強迫對方收下禮物。

這樣對於收禮物的人來說，不但是造成他們的困擾，而且說不定也開心不起來。

不過，把送禮物的重點放在「表達自己對大家的感謝」，這樣就沒問題了。

所以就算沒有派對，我也一樣有其他機會可以送禮物。

「我會準備好小歷的禮物喔！其他人也一樣，都會準備好。所以……要是沒辦法開派對，我也希望你們可以收下。」

只要大家願意收下禮物，對我來說，就夠了。

我認真地把自己的想法告訴小歷，他也很確實地點頭回應。

「我懂了，謝謝妳。」

他的眼神很直接、很認真。

就在我們對看的數秒間，他的神情的確是如此。

「……不過啊，今天的小圓真的好積極喔～！」

接著，小歷突然又開始一臉笑瞇瞇的。

「小圓主動牽手，真的很稀奇耶。回去後，我一定要跟那幾個人炫耀一番～。啊，對了，還有也要跟他們說從背後擁抱的事～」

小歷說這些話，像是在開我玩笑，我的臉馬上又紅了起來。

「**咦!?**那些事要保密啦！」

「妳說這是我們兩人之間的祕密嗎？這樣聽起來更像是情侶，反而更棒耶！」

「討……討厭啦！小歷！」

（閃躲）

「很好，又沒抓到～」

小歷迅速閃開，並且順勢跑走了。

好～！這次我一定要抓到小歷！

我一邊笑著，一邊在小歷的後面追趕著。

15 目標是最高得分！

從那天以後，我變得完全不一樣了。

每天早睡早起，並且確實按照期末考的讀書課程表唸書，而且還能完美地利用空閒時間預習和複習。

當然，學校的課程和作業也通通都沒問題！

但像這次大量唸書，我居然不會覺得有什麼困難，也不覺得辛苦。

之前當我在意起很多事情的時候，我就會變得難以集中注意力，無法把看過的內容記下來，最後導致模擬考分數考得很差的惡性循環。

但是，現在我卻能很堅定地把注意力集中在「好好唸書」的想法上。

正因為這樣的狀態，我現在比以前更有「身體好好記住學習到的東西」的真實感受。

唸書這回事光是心態上的不同，就能出現這麼大的變化啊！

「小圓，辛苦妳了。」

我在休息時間複習數學時，小優走了過來。

「妳現在有空嗎？」

「有喔！有什麼事嗎？」

我抬起頭，發現小優在我面前，並且拿著一張紙。

「我有點猶豫要不要給妳看……但我又覺得小圓看到這個，可能更能提昇唸書的動力。」

她把那張紙放下來給我看，上面整齊寫了一排小字。

呃……上面寫著**「派對準備計畫表」**……？

「其實這是將那天會議上的紀錄內容，全部整理起來的計畫表，列出來的都是我認為能趕在派對當天，全部準備完畢的必要事物。」

這張紙上寫著料理和活動會使用到的基本材料、預算，準備時間也很詳細地用分鐘為單位記下來。

而且之前大家提出的點子，全都列在表上，每個點子在派對裡的安排，也很完美地平衡分配！

「好厲害喔！」

如果這個計畫真的能實現，那該有多好啊。

我期待的心情，一口氣攀升了。

原本強制停止討論如何準備派對，在覺得派對辦不成的時候，我其實已經開始放棄開派對的念頭了。

但如果是這樣的計畫……在考試結果一出來，再趕快準備，都還來得及耶！

——現在只要努力用功，也許之後的派對就有辦法順利辦成。

在這麼想的瞬間，我的眼前突然變得更加光明。

「一定沒問題的。小圓這麼努力唸書，這次考試絕對會有好結果。……不對，小圓一定要考出好成績，我們再來一起舉辦派對！只要妳需要的話，我都可以幫忙。」

小優開心笑著說著，讓我的信心大增。

（雖然派對本來會因為我模擬考考不好而中止，但我現在還不能放棄舉辦派對的計畫……）

這麼一想，我的內心又開始產生出唸書的動力。

「謝謝你，小優……！」

我手裡緊緊握住小優整理好的計畫表。

（我現在就要完美地完成期末考！然後全力準備耶誕派對！這兩項任務都要想辦法達成……

這一次絕對要做到！）

我完成目標的決心，變得越來越強烈。

我的身體慢慢地湧現活力。

「我現在覺得自己超級有動力的！說不定這次有辦法拿到滿分喔！」

「呵呵，小圓能開心地接受這個計畫表，實在是太好了。」

我再次說了「謝謝！」，然後上前擁抱小優。

（嗯……要把分數換算成小數時，分子跟分母就是……「母親要背著孩子」，下面是分母、上面是分子，所以$\frac{4}{5}$就是4÷5……）

洗完澡後，我一邊看著課本，一邊在家中的走廊走著。

這種休息時間，意外地讓人容易靜下心來讀書呢。

（40÷5等於8，如果4的後面沒有數字的話，計算下來，答案的前面就會是0加上小數點……，所以答案是0.8！）

咚！

「哇!?」

突然眼前一黑暗，然後我整個人屁股著地。

「好痛好痛……」

「喂，妳沒事吧？」

我抬起頭，看到小計神色慌忙地蹲在我的身邊。

原來，我撞到剛好從樓梯走下來的小計。

「對不起，我沒注意到旁邊有人下樓……」

「有沒有受傷？」

「嗯，我沒有受傷喔。」

小計短短說了句「沒事就好」就馬上站了起來。

我摸著有些發疼的屁股，並且跟著站起來，這時小計瞄了一下我的手邊。

「……妳最近很努力讀書嘛。」

小計隨口說了這句話。

他很罕見地認同我的努力，我高興地笑了開來。

「期末考當然要認真唸書了！上次模擬考考出那樣的分數，讓小計那麼擔心嘛……所以我這次真的很拚喔。」

聽了我說的這些話，小計並沒有回應。

只是一直盯著我看。

「……小計？」

我叫他時，他忽然低下頭。

「——……對不起。」

小計說話的聲音很小聲，感覺像是想對我說些什麼。

但他說話的聲音剛好跟二樓傳來的腳步聲重疊，所以實在很難聽清楚他在講什麼。

「咦？什麼？你說什麼？」

我湊上前盯著小計的臉。

在超近距離裡，我們兩個人彼此看著——就在這個瞬間。

突然我的脖子上的毛巾，被翻起來蓋到頭上摩擦。

「哇!?你幹什麼!?」

「……妳這樣會感冒的，還不快去弄乾頭髮。」

突然間，我發現小計露出溫柔的微笑。

就在我心跳開始加速那個時刻，小計馬上轉身就走。

「……啊，小計！」

我走向前，想叫住背對著我的小計。

「$\frac{4}{5}$轉為小數後，答案是『0.8』吧？」

接著，小計頭也不回地，舉起單手大拇指。

（答案正確嗎!?太棒啦～！）

我用功唸書，總算有了成果！

我雙手抱著課本，臉上止不住開心的笑容。

16 考試的結果

接著，又在不知不覺間經過了好幾天。

多虧了早睡早起的習慣，考試當天的身體狀況良好、很有精神，而且前一天也有充足的睡眠。

我可以用思維清晰的頭腦，面對考卷上的問題。

不過老實說，每個學科還是有很難答的地方。

（這次的目標是每個學科至少都要達到30分。小計說過，這樣的分數就能讓大家安心過寒假……）

考完試後，等待結果的那段期間雖然很緊張……但是這次的考試，我覺得自己已經使出全力了。

嗯，一定沒問題的。

我這麼告訴自己，然後緊張地度過了一天。

——終於到了發回考卷的日子。

也是第二學期的結業式。

今天我們從早上開始，就在體育館進行全校師生都要參加的結業式，結業式結束後就是大掃除。

大掃除完畢後，就是這學期最後一次班會。

在班會上，會將通知單、昨天的考卷發給大家。

「昨天考試大家要是都考得很慘，老師可能會出一堆功課喔～」

「唉～如果這樣就糟了。好不容易要放寒假～」

有些同學在教室裡不安地談論著。

因為即將進入寒假，大家的心情都變得非常浮動。

周圍有很多同學已經開始開心地喧鬧。

「今天有耶誕派對，大家回家後就要集合喔！」

「男孩們負責帶飲料和零食，你們別忘了喔。」

「飲料要帶幾罐啊？可以全部都帶可樂嗎？」

「咦～!?」

我一個人在自己的座位上坐著，隨意聽著同學們聊天的內容。

我一直來回把筆蓋取下、蓋上，焦慮地等待老師把考卷發下來。

（沒問題的，一定沒問題的……嗚，但我果然還是很不安耶！不過，我都已經這麼努力準備考試了……）

在等待的同時，我腦中的想法不斷反覆著。

咔啦！

「大家安靜坐好，現在開始開班會囉。」

（來了！）

我們班的班導川熊老師，終於走進教室了。

老師把各種聯絡事項、考卷發完後，就開始今天的重頭戲，將家長通知單、考卷發下來。

現在老師按照座號順序，唸著同學們的名字。

我的名字是花丸……如果按照發音順序，剛好是中間的順位。

這個等待自己的名字被老師唸到的時間，讓我感覺相當漫長，簡直就是反覆折磨心臟的時刻。

我雖然很想立刻知道結果，但又很害怕面對結果，心情實在有夠複雜的……

「下一個，花丸～」

「有……有！」

我被叫到了！

我全身僵硬地站起來，離開座位走到講台。

噗通噗通。

心臟用力地跳動。

（沒問題的……沒問題的……！）

我心裡不斷這樣告訴自己，然後站到老師的面前，這時老師先把通知單拿出來。

「花丸圓。名字沒有寫錯吧？」

「是……是的，沒錯！」

老師將通知單打開，開始說明上面的評語，還有回顧我第二學期的表現。

不過，我完全無法將老師說的話聽進去。

（比起通知單，我更在意考試分數……！）

我的手裡開始冒汗。

在我靜靜等待時，老師終於把手伸到教桌上的紙袋。

（——來了……！）

「然後這是妳昨天的期末考考卷，寒假時要好好確認有沒有改錯的地方喔。」

老師沒有多說什麼，一拿出考卷就直接遞給我。

而我卻是用發抖著的兩隻手接過來。

噗嗵噗嗵……

我的心跳聲越來越大。

（拜託……要有三十分……不對，這時候不要這麼貪心！只要有二十分以上就好！拜託讓我的分數別太難看就好……！）

我在內心中就像是不斷碎碎唸那樣一直祈禱著。

我很害怕……只敢慢慢把視線往下看。

國語……三十五分！

自然……三十二分！

社會……三十八分！

數學……三十一分！

（太……太好了～～～～!!）

全科考過三十分了！

「——這學期妳真的很努力喔，花丸！」

老師對我笑了一下。

我拿著考卷的手正發抖著，但也沒忘記點頭回應老師的話。

（這樣的話……就表示不用擔心男孩們活不到第三學期開學了！）

太好啦！我成功了！

我不管周圍同學的眼光，用力握拳擺出勝利姿勢。

這個時候，旁邊傳來男孩的聲音。

「哎唷，笨丸不圓，這次沒有不及格嗎？」

「怎麼可能，笨丸的勝利姿勢才沒有可信度。她只要有三十分就會很開心了啦～」

沒禮貌地在那邊嬉鬧的，是班上兩個煩人精，松武二人組。

我一聽到他們兩個講話，就立刻回頭瞪著他們。

「考……考三十分高興一下又沒關係！」

「什麼啊，被我猜中了！」

「順便說一下，我最高分是二十八分～」

「我考三十二分～我贏你啦～！」

這兩個人又開始哈哈大笑。

雖然很火大，但還是別理他們。

現在我該做的，就是對考試成果感到滿意！

「好了，大家不要吵～！下一個，濱田～」

隨著老師的聲音，我開始走回自己的座位。

我的手還在發抖。

（這是我人生中第一次全科超過三十分……！）

最令我感到高興就是，每次分數只比數學還要好一點的社會科，這次居然考出比以往**還要高出許多的分數**！

小歷在圖書館裡跟我聊起年鑑時的那些話題，就在這次考試中出了很多題目！

（幸好我有努力用功……所以得到這麼明顯的進步！）

班會結束後，我馬上就把考卷拿給坐在旁邊的小計看。

「小計，你看！」

我像是在炫耀一樣，把四張答案卷拿給他看。

這麼一來，小計應該不會再對我有什麼意見了吧？

「今天可以開派對了吧？就照小優的計畫表那樣，來進行當天能全部完成的準備吧！」

我興奮地詢問小計的意見。

「……是啊。」

但小計只是做出簡短的回應，就匆忙離開座位。

「咦？小計!?」

小計的動作很大，拿起手裡的書包就走了。

才一下子的時間，他就從教室裡跑掉了。

「小圓，數學同學怎麼了？」

小優慌張地跑過來看。

但我只是疑惑地歪著頭，看著小計消失在走廊的盡頭。

「……我也不知道他怎麼了。」

我以為他會比平常還要高興。

本來……想跟他一起開心歡呼的。

不過，看到小計出現這種平時難得看見的態度，比起感到落寞，我更覺得不安。

（他一定是想到自己有什麼急事吧……）

我如此安慰自己，但內心裡還是產生出一點動搖。

17 男孩們去哪裡了？

♪～♪～

隨著手機傳來耶誕歌曲的鈴聲，小優開心地在嘴裡哼著歌。

終於要開始了，我們期待已久的耶誕派對！

結業式後，我們趕在中午前走出校門，就直接回到我家準備派對。

由於小優事前設想過派對的安排方式，可以讓我們在當天立刻進行準備，所以我們按照計畫整理一下房間，並且開始準備料理。

派對預定從傍晚開始，所以我們還是得趕快完成所有的準備。

「小優，這裡可以嗎？」

「再稍微上面一點……好，那個位置很不錯。」

我跟小優彼此合作，將很大的圖畫紙貼到牆壁上。
我們先是把各種顏色的圖畫紙剪好再貼上去，這樣就可以重現小歷希望的特大耶誕樹。
還有小理說的氣球，我是在百圓商店買了很多氣球，把氣球全部充飽氣後，堆成一堆放在房間四周。
而小計說的油炸綜合米果，我們預定是要交給奶奶幫忙油炸大量米果。至於小詞夢想中的巧克力蛋糕，雖然沒有做出特大尺寸，但我們還是能準備好。
這是擷取所有人意見中的一小部分後，就能完成的獨創派對。
真希望男孩們可以滿意這個派對。
「……不過話說回來，大家都到哪裡去了。這邊明明有很多事情需要他們幫忙。」
小優一邊貼著用圖畫紙摺出形狀的耶誕樹，一邊這麼說道。
「對啊。」
而我回應小優的同時，也看了一下時鐘。
都已經超過三點了……

「剛才我問過奶奶，奶奶表示『他們雖然回家過，但有事出門了』，他們可能有什麼事情要處理就出去了……」

小計也是學校一放學，就跑出教室。

想起他的背影，我的心裡又開始覺得不安。

現在不只是小計，其他男孩也通通不見了。

我只想快點確定這個派對的準備何時完成、可不可以順利舉辦……

「哎呀，就算再怎麼擔心，他們還是會回來啊。反正社會同學也在裡面。」

「咦？」

小歷？

在我歪著頭感到不解時，小優沒有停下手裡裝飾耶誕派對的工作，開始微笑地回答我：

「……其實，社會同學曾經跑來問我：『有沒有什麼方法可以讓耶誕節派對在當天準備完成？』」

「咦？小歷問妳？」

小優點著頭回應。

「其實我本來是想把全部的心力都用在準備期末考上的，至於準備派對的事，則是沒辦法思考太多。當然，在小歷找我商量前，我就已經開始著手製作計畫表了，但他既然找我商量如何準備派對，我就馬上決定要盡力完成。這是因為我一想到他這麼為小圓著想，就讓我覺得很感動。」

忽然間，我想起小歷說過的話。

——我絕對會保護妳的笑容。

（小歷為了幫助我，居然在瞞著我默默努力……！）

嚇了一跳的同時，心中也漸漸湧出一股暖意。

「謝謝妳，小優。等他回家，我一定要好好向他道謝！」

「是啊，雖然社會同學平時很煩，但我沒想到他也有這麼讓人意想不到的優點。」

說著說著，我們看著彼此笑了出來。

原本心裡不安的感受，就在這時消失了一些。

沒問題的，大家一定會回來。

我們這次絕對要舉辦一個最棒的派對！

我打起精神，重新開始準備派對上的工作。

「……啊。之前我在圖書館借的書上，寫著『耶誕節容易引發奇蹟』的敘述。」

小優突然說了這句話。

「雖然沒有什麼根據，但這種傳說挺美妙的呢。」

「耶誕節的奇蹟啊！總覺得好浪漫喔。」

我這麼說的同時，腦裡忽然想起男孩們的模樣。

（如果我向耶誕奇蹟許願……「希望男孩們都能變成人類」的話，不知道能不能成功……）

神明也好、耶誕老人也好。

如果真的能收到這個耶誕禮物，絕對會讓這次的耶誕節成為我人生中最棒的耶誕節。

「小圓、小優，烤好囉～」

廚房傳來奶奶的呼喚聲。

「好～」我們回應之後，一起站起來。

「希望烤得很成功。」

我興奮期待地跟小優這麼說。

這時——。

「啊……」

小優突然停下腳步。

她的視線正盯著桌上的手機。

「小優，怎麼了？」

當我出聲詢問時，小優就已經迅速地把手機拿起來看了。

她看著手機螢幕後，馬上眼睛一亮。

「現……現在我的爸媽跟我聯絡了……他們說正準備回家！」

「咦？真的嗎!?」

我記得小優的父母今天有工作要忙。

「我真不敢相信！因為他們說工作比預期中還要更早結束！」

小優開心到雙眼都發出光輝了。

看到小優能這麼開心，就連我也跟著感到高興起來。

「這簡直就像耶誕奇蹟！」

「對呀！真的是這樣呢！」

我們兩個人互相握著彼此的手，興奮地歡呼尖叫。

「啊……可是……」

小優的表情忽然變得有些為難。

她的眉毛皺成八字，並且轉頭看著房間四周。

小優看的是我們兩人努力布置出來的耶誕派對現場。

（……啊，難道小優是在煩惱自己該不該離開這裡嗎？）

我馬上用力握緊小優的手。

「小優，我不在意妳回家喔！我對小優能回家跟爸媽過耶誕節感到很高興呢！真的喔！」

「小圓……」

「能跟小優一起在耶誕派對裡玩，當然會很快樂，但明年或後年我們還是有機會一起辦耶誕派對。而且妳想想嘛，小優能跟家人一起過耶誕節的機會應該比較少吧？」

我笑著這樣反問小優，小優的為難表情稍微緩和了一些。

「啊，對了，先等我一下喔！」

我往廚房的方向跑去。

我拿出剛剛烤好的「耶誕禮物」。

將分給小優吃的部分裝進袋子裡後，再交給她。

「**耶誕快樂**！小優，謝謝妳一直以來都這麼關心我！」

小優伸出手，將禮物收下。

這時，原本小優還一臉煩惱的表情，變得開朗起來。

「小圓……謝謝，真的很謝謝妳！」

啪噠

我送小優到玄關後，就將大門關上了。

（小優的臉看起來很開心呢。）

應該沒有什麼可以比得上她剛才的笑容了。

光回想她的笑容，我也覺得很開心。

（……好了，我得趕快繼續準備派對！）

我就像是要重新調整心情般，拍了一下雙手。

只不過男孩們都出門了，現在有點人手不足呢。

家裡只有我跟奶奶，如果不快一點恐怕派對來不及在黃昏時準備好。

我在腦裡想著有哪些事情該處理，開始匆忙地在客廳裡走著，就在這時——。

我的雙腳忽然停下來了。

「……」

現在家裡非常安靜。

雖然廚房裡還有正在準備料理的奶奶。

但除了廚房裡的聲音，現在家裡已經聽不到任何聲響了。

吱嘰。

胸口突然像是緊縮起來一樣，我難受地低下頭。

（不，沒事的……我不是又變孤單一個人了……）

──沒有其他人在的客廳。

這本來是我從小就看得很習慣的情景。

沒錯。我跟奶奶兩個人總是會留在家裡等媽媽回來。

而且我會開心地期待媽媽趕快回家。

（……可是）

吱嘰、吱嘰

有一種嘎吱作響的跳動聲，在我的耳邊響起。

可是，那天媽媽她──！

「──小圓。」

一聽到身旁有人叫著我的名字，我立刻回過神來。

原來是正擔心我的奶奶，將手放在我的肩膀上。
奶奶的手很柔軟也很溫暖。
我很喜歡奶奶的手，她總是用她這雙手細心照顧我。
「……奶奶，謝謝妳，我不要緊喔。」
我沒有問題的。
沒問題……但是。
（大家到底去哪裡了……）
在聆聽寂靜時，耳朵裡卻出現冰凍般的疼痛。
大腦也開始感到天旋地轉。
就算我試著不去想，但還是會不受控制地一直產生負面思考。
我覺得快要被一股很大的黑暗吞沒了。
（總有一天，大家也會像這樣消失……那一天會突然……）

——**就像媽媽一樣。**

（…………我不要這樣。）

我緊閉著雙眼。

我絕對不要變成這樣……！

18 小小的奇蹟

「——我們回來囉！」

突然間，傳來宏亮的說話聲。

被這個聲音嚇到的我，立刻張開眼睛。

接著，我又聽到一群人吵鬧的腳步聲。

「所以我就說了，要先計算好搭車回家的錢啊。還有為什麼又隨便亂買飲料跟冰棒……」

「沒辦法啊～我必須滋潤一下喉嚨嘛～」

「不過，大家一起邊吃冰邊逛街真的好好玩喔！」

「是啊，在寒冬中吃冰也別有一番風味呢。」

家中的走廊開始傳來吵雜的聊天聲——。

「……**大家**……！」

小歷、小理、小詞、小計。

看到他們四個人的那一瞬間——我的情緒激動。

——眼前所見到的一切看起來閃閃發亮。

簡直不像是存在於現實的事物。

我的身體不但回暖了，雙腳也感覺變得輕飄飄的。

明明只是男孩們回到家而已。

明明他們回家只是理所當然的事情。

現在這個瞬間——就像是**「奇蹟」**一樣。

滴嗒。

不知不覺間，我流下了眼淚。

男孩們一看到我這樣，全都嚇了一跳。

「咦？小……小圓，妳怎麼哭了!?」

男孩們一起跑到我的身邊。

我一邊擦著眼淚，一邊搖搖頭。

「沒有……我只是很高興。」

我抬起頭，朦朧的視線中，可以看到他們四個人擔心的表情。

「其實……我是因為你們回家而感到高興！」

我自然而然地笑了出來。

男孩們也跟著鬆了一口氣。

「抱歉啦，看來有什麼事讓妳擔心了。我們只是出門**買個東西**而已。」

「買東西？」

「對，就是這個。」

小歷邊說邊把一個包著漂亮包裝紙的小包裹拿出來。

「來，小圓，請收下。這是我們要送給妳的**耶誕禮物**！」

「咦……」

耶誕禮物？……給我的？

我驚訝地抬著頭，看著笑嘻嘻的小歷。

「這個禮物包含了我們平日以來的感謝心意，還有今後也請多多指教的心意，以及我們都很愛護妳的心意，請妳收下！」

小歷說完後，再次把那個小包裹遞過來。

但是……我好像覺得自己還無法接受這是現實，身體沒辦法動彈。

只是發著呆，直盯著四個人的臉看。

這時，小歷溫柔地看著我，然後抓起我的手。

「小圓，妳打開來看看吧。」

我的手掌能感受到包裹裡的觸感。

手指頭也能清楚感覺到包裝紙的光滑感。

（這不是夢……是現實……！）

包裝紙顏色是綠色、紅色、白色，正是代表耶誕節的顏色。

雖然我捨不得把這個包裝紙拆開，但我現在很想趕快看看裡面到底是什麼禮物。

我懷著興奮又期待的心情，小心地解開緞帶。

「……哇！」

打開的瞬間，我不禁發出讚嘆聲。

是筆袋！而且還是布丁造型！

整體的顏色是粉色系……咦？連拉鍊前端也是布丁的圖案耶!?

「好棒喔！超可愛的！」

我興奮地把臉抬起來，與男孩們滿足的表情互相對視。

「在網路上看到時，我們四個人就決定好『這個非買不可』了。」

「因為是限定版，販賣的店很少，所以我們才去比較遠的賣場買。」

得意洋洋的小歷與抓著自己臉的小計這麼說道。

小理和小詞也很開心地跟著點頭。

「而且這還是最後一個！真的好險喔！」

「這也多虧我們決定從學校立刻趕過去，才能順利買到。」

聽到這裡，我才終於知道原因。

（原來今天小計一放學就衝出去，就是為了這個……！）

我想起班會結束時，小計慌忙地衝出教室的背影。

不知道他們是在什麼時後瞞著我討論的？

他們四個人一定在人家的店裡吵吵鬧鬧吧？

只是想像那個情景，就讓我忍不住笑了出來。

「……你們都和好了耶。」

聽到我說這句話，他們四個人看著彼此，露出不好意思的表情。

「其實是小歷各自勸我們，因為我也很想快點和好，所以看他這樣，我也很高興喔。」

小理一邊撫摸小龍的頭，一邊害羞地說著。

小詞點了點頭說：

「……就結果來說，我們就是錯在太固執己見。我們對小圓都有自己的想法，為了讓妳開心，才會在許多討論上產生衝突……不過，因為小歷提醒我們，我們才終於想起最該重視的重點。」

聽了小詞的話，小計低下頭開始嘟囔著。

「……是啊，我們該感謝小歷才對。」

三個男孩們接連著說出感謝的話，讓小歷有些不好意思地用手擦著鼻子。

「哎呀，我才沒有做什麼了不起的事……。真正厲害的是……讓我們像現在這樣積極動起來的小圓。」

小歷露出爽朗的笑容。

（怎麼會說自己沒什麼了不起嘛，才不是這樣呢……）

幫助情緒低落的我恢復精神，拜託小優繼續準備派對的工作，還有讓吵架的男孩們和好……

這樣一想，小歷四處奔走完成了這些事情，但他本人卻一點也沒有表現出辛苦的模樣。

這一連串溫柔的舉動，就已經讓我感到很窩心了。

我都不知道該怎麼感謝他了呢。

（……啊，這麼說起來……！）

我突然回想起，某一段記憶。

我五歲時，跟媽媽在平安夜吵架之後的事。

—那天夜裡。

我一個人躲在被窩裡不肯出來，但媽媽還是到我的旁邊靜靜地躺著。

這種時候媽媽都會在我睡覺前唸故事書給我聽，不過那次媽媽一直沒有說話。

雖然讓人覺得很寂寞，可是我還是很固執。

（我才不要理媽媽！媽媽不跟我道歉，我就不原諒媽媽！）

我裝作不想理媽媽的樣子，將棉被蓋在自己的頭上。

就在這時候──。

咕嘰咕嘰咕嘰咕嘰

「噗……哈哈哈哈哈哈！」

媽媽用盡全力搔我的癢！

而我也扭著身體逃脫，然後也用搔癢來反擊。

在我跟媽媽一起哈哈大笑後，我就完全忘了自己到底是為了什麼事情生氣了，接著就跟平常一樣，一起讀著故事書。

對了，就是這樣耶。

媽媽搔我癢，我們才會和好的。

想到這裡，我忍不住笑了出來。

「怎麼了？小圓。」

小歷疑惑地看著我。

「……想起一點事情。是我以前很好的回憶。」

——小圓真的很怕癢喔～！就跟媽媽一樣呢！

我忽然在這時候想起媽媽的聲音。
但是……我的內心已經不會因此感到痛苦。
我是用快樂而且珍惜的感覺，來回想這段回憶。
（……這都多虧了大家的幫助）
我的心中洋溢著溫暖的感受，並且將作為耶誕禮物的筆袋擁入懷裡。這時，小歷突然大聲講話。
「話說回來啊，小優去哪裡了？我可是連小優的禮物都有買耶。」
小歷四處張望著，找著小優。
對了，小優剛好是在男孩們快回到家的時候離開。
「小優她剛才回家了，因為她的爸爸和媽媽突然說可以回家過耶誕節了！」
「咦！真的嗎？這樣太好了！」
小歷立刻開心地露出笑臉。
其他男孩們也一樣，笑著點點頭。

（這麼說的話……男孩們為小優準備的耶誕禮物不知道是什麼？我好想知道唷！）

「——好了，大家趕緊放好東西，過來洗手吧。」

奶奶從廚房探出頭來，叫我們趕快幫忙。

「要開始準備派對囉！我們要做的事情還有很多喔！」

奶奶笑嘻嘻地說著。

這時，小理「啊！」地發出叫聲。

「等一下！在這之前，我們也要送小梅奶奶禮物！」

「咦～!?也要送我禮物啊!?奶奶好高興喔～！」

奶奶兩手合十，表達出感謝男孩們的心意。

「這是當然的囉！因為禮物是我們特別挑選的！」

小理一臉得意地伸手往自己的背包裡找禮物……但隨後突然停下動作。

「……奇怪？禮物是不是讓小詞保管啊？」

「不是我喔，小計是你拿的嗎？」

「不是我，我結好帳後，就把禮物全交給小歷了。」

「啊，好像是這樣。等一下下喔。包包裡的東西塞得有點滿……」

「小歷，快一點快一點～！」

男孩們又開始你一言我一語地吵起來。

屋子裡又再度充滿著大家的說話聲，這個喧騰不已的吵鬧聲，讓我覺得比任何耶誕歌曲還要更開心。

19 和「家人」一起

——下午五點。

大家分工合作後，一下子就將派對的準備工作完成了，之後我們全都在客廳的小桌子前集合。

「……各位都拿好杯子了嗎？」

我作為派對的主辦代表，現在正對著大家說話。

在裝設了許多耶誕節飾品的現場，擺放著豪華的大餐。

小桌子的正中央，還有一棵小小的耶誕樹。

完全散發著濃厚的耶誕節氣氛的客廳裡，我高舉著馬克杯。

「那麼，要開始囉～！」

「耶誕節快樂～～～！」

花丸家史上，最頂級的熱鬧派對終於開始了。

採取每個人的一點點意見，精心設計的派對裝飾和料理，深獲大家的好評。

男孩們為了拿料理，開始大吵大鬧，而且不知為什麼連奶奶也跟著起鬨，派對上的大家都手忙腳亂的。

還有，到了要分蛋糕來吃時，我們是用**「猜數字」**的遊戲來決定挑蛋糕的順位。

每個人自己決定好三位數數字，然後再讓對手猜自己的數字。

雖然我是第一次玩這個遊戲，但遊戲開始沒有多久就一下子猜中小計的數字。他很不甘心地當場大叫：「為什麼妳能猜到！」

吃完蛋糕後，還有馬克杯布丁當作追加甜點！

我說：「裝甜點的是另一個胃吧？」然後開心地大吃特吃，吃到我的肚子都快撐爆了。

「呼～真飽呀！太好吃了吧～！」

「派對真的很好玩呢！」

「只是今天就這樣結束，還是讓人覺得有點落寞呢。」

「……是啊。」

男孩們一邊摸著肚子，一邊開始閒聊起來。

我跟男孩子們圍成一圈，看向廚房。

「奶奶，那個……」

在我小聲說話時，奶奶好像已經將那個意外驚喜準備好了。

她偷偷用勝利手勢，向我打暗號。

我點頭表示瞭解，然後接過奶奶遞過來的盤子拿好。

（希望這些可以讓那些男孩開心……）

我的心跳加速，並且端著盤子走回客廳……

「那個……我有一點禮物想送給大家！」

「咦？」男孩們馬上一臉疑惑地抬頭看我。

我有些緊張地把盤子拿出來給他們看。

「鏘鏘！」

盤子上是烤得剛剛好的手作餅乾。

男孩們在看到的那一瞬間——，

「喔喔～～！」

每個人都用閃閃發亮的雙眼看著盤子。

「好棒喔，這都是餅乾耶！是手工餅乾嗎？」

「嗯，是我跟小優一起烤的！」

這盤餅乾，每一個造型都是按照男孩給人的印象來製作的。

小計是三角板。

小詞是書本。

小理是燒瓶。

小歷是地球儀。

然後就是小優最喜歡的披薩型餅乾，剛才我把這個當作禮物交給小優了。

因為小優很擅長作料理，所以她幫我揉好麵糰，我只需要做好造型，就能一個人完成這些餅乾。

雖然我很不擅長這種精細的作業，但只要一想像大家開心的表情，我就能打起精神努力做出來。

「我想謝謝大家一直在我身邊幫我，也很抱歉在準備期末考時讓大家感到不安……」

說到這裡，我先換了一口氣。

緩和了一下情緒後，再將我的心意傾注在接下來的話裡……

「——明年，我們全家也要聚在一起喔！」

男孩們聽了以後，表情顯得相當意外。

我一邊看著大家的臉，一邊慢慢地說：

「這句話是媽媽說過的話。每年耶誕派對的時候，她都會對我說這句話。可是，媽媽已經無法實現這句話裡的約定……但我希望：『今年要跟大家約定好，明年也要一起過節！』」

我一口氣把心裡想說的話說完。

雖然發生了很多狀況，不過因為有大家的幫忙，所以幸好最後能平安舉辦了今年的耶誕派對。

這真的真的讓我覺得很開心……甚至還覺得這一切都是這麼神奇。

雖然我是第一次跟男孩們一起過耶誕節，但心底卻又覺得不是第一次。

總覺得去年和前年也像這次一樣，也是在吵吵鬧鬧的情況下過耶誕節。

這個原因或許是……

「之前奶奶告訴過我，吵架後再和好是很理所當然的事情。只要彼此之間的關係是家人，吵架後，只要一點時間就能馬上和好。」

就算我們互相起衝突，還是能開心、歡樂地一起生活……。

「所以說——我們彼此在不知不覺中，已經是很棒的『**家人**』了！」

自從一開始那個很糟的邂逅開始，已經大約過了三個月。

在一起跨越過各種難關後，我們之間也有了「強烈的牽絆」。

即使我們住在一起只有三個月的時間，就算不是人類……

我還是認為他們全都是我最引以為傲的「家人」！

「嗯……」

小歷突然用手摀住自己的嘴巴。

他的手看起來甚至有點發抖。

「咦？小歷？」

我驚訝地看著他。

「……糟了，我現在超級開心的。」

小歷像是用力擠出聲音一樣地講話。

而且呼吸變得很小，就像是快喘不過氣一樣。

在場所有人都屏住呼吸，豎起耳朵想聽清楚小歷的話。

「我透過歷史知道許多歷史人物的人生。每個人都很認真地活下去，身邊也有家人支持著他們……我一直很憧憬這種人生。」

小歷慢慢抬起頭。

他的眼睛看起來有些泛紅。

但是，他的視線誠懇地看著我的臉。

「我最想要的禮物……就是『家人』了。」

噗嗵。

我因為這句話而感動。

——我想要的東西，可能……這一生永遠都沒辦法得到。

（原來是這樣……）

我終於知道那天他說的話是什麼意思了。

學科男孩是課本產生生命後所誕生的人類。

所以從誕生開始，就沒有家人——。

（這麼說來，那一天……）

我忽然想起一件事。

小歷帶我到公園的那天，小歷看到幸福的一家人在那裡玩時，我便覺得他的眼神變得很溫柔……但是其中又有一種說不出的寂寞。

然後，他也這麼說了一句話：

「比起想要得到還沒到手的東西，我更想保護現在就在我身邊的重要事物」。

（那個時候……小歷壓抑自己的情緒。為了幫助我打起精神，所以將給我依靠當作「最優先」的任務……）

他真的很溫柔。

雖然總是愛開玩笑，但他的心思真的很成熟，常常會注意著我們有沒有出狀況。

可能也因為這種性格……他才會在其他人還沒有發現的時候，率先幫助我走出低落的情緒。

而且還在我不知情的情形下，一直對我默默付出……

想到這裡，就覺得揪心。

「小歷……」

我剛叫完小歷的名字時，一旁的小計卻突然「哼」地一聲。

「……小歷，你這麼說實在很奇怪。」

小計皺著眉頭，並且小聲碎碎唸。

「我……早就把你當成家人啦。」

小歷聽了以後，雙眼睜得又大又圓。

這時——，

「我也是。小歷，你也太見外了吧。」

「我們從以前就一起看著圓圓，還一起變成人類，早就像是親生的四兄弟一樣唷！」

小詞和小理也接著這麼說。

小歷的眼睛繼續睜大著，始終盯著大家——然後突然笑了起來。

「哈哈哈，大家都這樣想啊。謝啦。」

小歷邊笑邊用指頭擦著鼻子。

這是小歷第一次對我們講真心話，就連我也覺得心情變得很好。

「我的夢想，還有我想要的東西……本來以為這輩子都無法得到，但今天卻讓我一次擁有了。

——謝謝妳送我這個最棒的禮物，小圓！」

小歷現在的笑容很開朗，看起來無限地明亮呢。

（哇！小歷原來也有這樣的笑容耶！）

就像是耶誕節早上打開禮物的小孩子，笑起來就是哪麼地天真無邪。

這世上，怎麼會有這麼完美的笑容啊。

小歷燦爛的笑容，突然雙眼彎成兩條細線。

抱住！

他突然一口氣擁抱我。

「小圓，我愛妳！」

小歷這麼大聲吼著。

雖然我嚇了一大跳，不過我還是先被他逗得呵呵笑出來。

因為他是因為家人才會對我說「我愛你」嘛，所以是很溫情的擁抱。

比起覺得心頭小鹿亂撞，我的心中其實充滿了溫暖的感覺。

「喂！你……你做什麼啦！小歷，快放開她！」

小計在一旁著急著。

「我也很喜歡小計啦！你們每個人我都最愛了～～～！」

「咦!?哇！你別過來啦！」

「等一下，我喘不過氣了喔，小歷！」

「小……小歷，拜託你輕一點。」

男孩們又開始大吵大鬧了。

在邊笑邊看著他們時，我突然仔細盯著小歷的側臉。

「……真是的，我的家人實在是太棒了！」

他笑起來的雙眼是發自真心，而且還帶著一點閃爍的淚光。

20 來自神明的訊息

入夜後，過了晚上八點，奶奶就先回房睡覺了。

我和男孩們收拾好派對上的東西後，就在客廳裡開心地聊天。

結束派對，多少會讓人覺得有些落寞。

……不過，至少今晚稍微熬一下夜，應該沒關係吧。

「唉喲～耶誕節結束後，就開始有過年的感覺了耶。」

小歷有些感慨地說著。

「說實在的，三個月前我根本沒想到我們四個可以一起跨年耶。」

對喔，已經到了年末。

我眼睛瞄了一下月曆。

今年雖然只剩下一個禮拜就要結束了，但總覺得沒什麼特別的感覺呢。

「我們四個人現在能像這樣一起平安過年，確實是小圓努力唸書下的功勞。」

「是啊，要是圓圓沒有用功讀書，我現在可能就不見了呢。」

小詞與小理笑著說。

小計也環抱著雙臂說：「確實沒錯。」

「我們的壽命長短跟小圓的成績是密不可分的。所以現在能暫時平安無事地過年，真的該謝天謝地。」

（男孩們的壽命問題啊……）

我在旁邊聽男孩們聊起這個話題時，腦中忽然閃過一件事——那就是關於那本古書的紀錄。

既然期末考、耶誕派對的問題都已經順利結束了……

那麼現在已經沒有必要對男孩們瞞著那本古書了。

「各位，我有點事要說。」

我毫不猶豫地加入他們的話題。

「……這個啊，我說如果喔。**如果『有方法可以成為真正的人類』，你們覺得怎麼樣？**」

男孩們聽了，每個人都用驚訝的表情看著彼此。

「嗯～……如果真的有那種方法……我覺得很好啊……」

小歷像是很傷腦筋般地微笑。

其他男孩的表情也說不上是高興。

我先在腦中整理好自己的想法，然後再繼續說下去。

「……其實，我之前因為很在意你們長高的現象，所以一直想了很久。假如『我長大後沒有考試機會，你們會怎麼樣？』就算我一直努力用功唸書，讓你們不斷延長壽命，那麼你們長大後又該如何……這之後的發展，我們都不知道，對吧？我長大後，考試會變少的話，也會因為壽命問題，而讓你們無法自由生活……」

男孩們的表情明顯變得很憂心。

大家身上背負的枷鎖實在是太沉重了。

即使他們的身體可以成長為大人，但整個人生卻會被我的考試分數綁住。

（我絕對……絕對不要這樣……）

「我希望大家不要只是『現在能活下去』就好。而是要『將來可以一起繼續活下去』。所以……我產生了『想辦法讓學科男孩成為真正人類』的想法。」

我清楚地把話說出口，原本的決心也變得更堅定。

我靜靜地站了起來。

「——其實，我有件事一直瞞著大家。」

我將那本古書拿給男孩們看。

並且把偶然在圖書館發現古書的事，還有申請延長借閱時，發現古書的借閱紀錄消失不見的事通通說了出來……

聽了我那些奇妙的經歷後，男孩們都露出認真的表情。

看來每個人心裡，都有些不同的想法吧？

「付喪神嗎……？」

一陣子過後，小歷喃喃自語地說道：

「我認為我們本身的性質也許就是屬於付喪神。付喪神這個字眼雖然有一個神字，但不是指神明，意義上比較像是妖怪或精靈等存在。不過啊～我個人倒覺得我們兩邊都不算就是了。」

小歷抱著自己的雙臂。

在旁邊的小理則是低著頭說：

「嗯，我跟小歷也是相同看法。尤其圓圓在意我們的身高這一點，如果思考一下，就會懷疑我們是不是介於精靈和人類之間的存在。」

介於精靈和人類之間的存在……

嗯，的確有可能是這樣。

還有身高會長高這件事，讓我認為他們絕對有可能成為真正的人類。

「小詞，你看一下這邊。」

小計手指向書本的某一頁，小詞的視線也跟著落在指著的地方。

「這應該是江戶時代中期的書籍。目前看來，其中內容的大意是敘述關於付喪神如何產生的條件以及特徵，還有舉例哪一類物品容易產生出靈魂。」

「有沒有記載跟課本有關的敘述啊？」

我湊上前一起討論。

「嗯……江戶時代的課本一般會稱為

『往來物』[註]，不過這個詞，我目前還沒有在這本書中發現。」

「這樣啊……」

這麼一說，或許這本書沒有記載男孩誕生的祕密……

正當我感到洩氣時，小詞又接著說：「但是，」

「似乎有一些古書曾產生出靈魂。但那些案例都是以超過百年歷史為前提的古書……」

小詞的手突然停了下來。

「等一下，這邊記載著一段令人在意的內容。『**物品雖能生其命而化為人，但若有桎梏約束其身，則人形無法永存**』。」

「咦……這是什麼意思？」

我完全聽不懂啊。

「意思是『就算物品在誕生出生命後能成為人類，但只要被規則限制住，就不能一直保持人

註：日本近代教科書過去在日本寺子屋使用。曾作為讀書、習字等教材。原指書信往來，後人將書信中的單字、語句編入作文，成為教學材料。

類姿態』。」

「……就跟我們現在的狀況一樣囉。」

小理靜靜地說著。

（上面寫的東西就跟學科男孩的狀況一樣，看來這本書果然是……！）

如果真是那樣，那麼這本書真的……

說不定裡頭真的有方法，能讓男孩們成為真正的人類——！

我緊握拳頭的同時，小詞又繼續說下去。

「下文還有其他記載，『**但是**』——」

翻到下一頁的瞬間，小詞突然倒抽了一口氣。

「這一頁究竟是……？」

「啊，就是這個！」

這個就是我一直很在意的那一頁。

上面的文字不但跟其他頁不同，看起來亂七八糟、模模糊糊的，整頁的文字也看不懂。

而男孩們現在也只是一直盯著看。

「這一頁好像怪怪的耶？看起來像文字，但感覺又好像不是……難道這些文字不是日文？」

「咦……？」

男孩們突然用驚訝的表情看著我。

（咦？怎麼了？）

他們這種反應讓我有點意外。

是不是……我說了什麼奇怪的話？

「……這邊，有寫什麼東西嗎？」

小計小聲地說道。

有寫什麼東西嗎？……他為什麼這樣問我？

正當我覺得奇怪而看著小計時——其他男孩也跟小計一樣用很認真的表情看著我。

他們怎麼出現這種反應？

這樣就像是……

「咦……難道，大家都**看不到那些字？**」

我不可置信地這麼問著男孩們，他們全都沒說話，只是點頭表示真的看不到。

咦!?這是怎麼回事!?

「小圓，上面寫了什麼？是古代的文字還是暗號……？或者是拼圖那一類的圖案？」

「等……先等一下。我現在就用筆把這一頁寫出來。」

我立刻跑去把筆記本、鉛筆拿過來。

雖然上面的字亂七八糟，但照著模仿，男孩們應該也能看得懂……

……

……

「……喂。妳確定妳畫這些沒錯嗎？」

聽到小計說話後，我才回過神來。

「……咦!?」

我張大雙眼看著筆記本。

因為我用筆照著古書寫出來的居然不是字，而是五個布丁的**圖案**。

怎麼會這樣～!?

「哈……哈哈哈。我為什麼會這樣啊？明明肚子裡已經一堆布丁了……」

我尷尬地笑著，然後立刻重新寫字。

……

……

「咦？咦？怎麼這樣？為什麼……」

好奇怪。

不管我重寫多少次，每次寫在筆記本上的，都是布丁的圖畫。

當然，我不是故意開玩笑，也不是因為想睡覺，才會昏了頭。

就好像……有一種神祕的力量，讓我不能把這一頁的文字內容寫出來……

「——這些會不會有可能是神明留下的訊息？」

小歷獨自如此低語著。

我聽了以後驚訝地抬起頭。

「能看到的人只有小圓，但又讓小圓寫不出來。這簡直就像是針對我們一樣，故意不讓我們閱讀內容。能做到這件事的……會不會就是讓我們擁有生命的神明啊？」

我們靜靜地仔細聽著小歷的話。

感覺大家都是這麼認為。

他們互相看著彼此，並且同時點頭同意這樣的推測。

「也就是說，這一頁說不定必須交給圓圓自己解讀，對吧？」

「必須交給我自己……？」

「嗯。我猜這一頁不是只有我們學科男孩看不到，也許其他人也一樣看不到。所以圓圓不能透過別人的幫助，必須靠自己解讀才行。」

小理說完後，又再次看著古書上的那一頁，但再怎麼看，還是一樣毫無頭緒。

不過，想要解讀這一頁的內容，只靠我自己真的辦得到嗎？

當我心裡很沒自信地這麼想時，小詞又用手指著那一頁對我說：

「如果從上下文的文脈來看，這一頁的空白——也就是只有小圓能看到的內容，有可能是『化身為人類的付喪神雖然會受到制約，但也有不受制約影響的例外』。」

我聽了以後，心中很是激動。

既然是這樣的話！

「既然這樣，知道這一頁的內容，就有可能**會知道大家成為人類的方法**嗎？」

我雖然表情像是看到一個不得了的大發現，但小詞卻是面有難色地搖搖頭。

「還不能確定是這樣，不過……其中還是有解讀的價值。」

聽到小詞說的話，小計點頭表示同意。

「在我們的壽命跟小圓考試分數有關的這個特性上，『想要解讀這本古書，就需要學好每個學科的知識』，或許會是解決問題的關鍵。」

聽完小計的話後，我突然又驚覺到以前聽過的一句話。

「為了將來對妳說『我很需要妳』的人，現在努力唸書，以後一定可以派上用場！」

我想起以前媽媽對我說過的話。
——我到底是為了什麼努力唸書呢？
以前我努力唸書，是為了讓媽媽開心。
但現在是為了不讓男孩消失。
還有……
「……是啊，是這樣的啊。」
我慢慢地看著每個男孩的臉。
那個能因為我努力用功唸書，而真正幫助到別人的時刻……
那個時刻，**就是現在了！**

「我絕對會讓自己有能力將這一頁解讀出來的！」

我下定決心，在此宣示。

——為了可以跟大家一直生活在一起，我要好好用功唸書。

雖然這個目標跟過去一樣……但是心情卻完全不同。

因為到剛才為止，我一直是以「延長男孩壽命而考好分數」為目標來讀書，而且還是一個看不到終點的目標。但現在的目標是「讓男孩成為真正的人類而努力用功」，已經有一個清楚明白的終點了。

我現在覺得自己只要肯向前跨出一步，終點就會出現在我的眼前！

「……我剛才說『也許這是神明的訊息』……我想可能是錯的吧？」

小歷小聲地說。

「可能是錯的？為什麼？」

我反問小歷，而小歷則是溫柔地笑著，將頭轉過頭看著某處。

他的視線對著的地方是電話櫃，上面放著的是媽媽的照片。

「這麼重要的書，會在這種時機出現在我們面前，不是一句偶然或神明的啟示就能說得通。我認為……這一定是小圓的媽媽送來的耶誕禮物。」

咦……

「媽媽送來的……？」

小歷對著我點頭道。

「這是因為小圓心裡一直都希望跟我們一起生活……所以作為實現這個願望的契機，小圓的媽媽將這本古書當作禮物送了過來。這就跟我們會擁有生命，來到小圓身邊很像。」

「嗚……」

我的眼淚開始要流了出來。

媽媽。

媽媽，謝謝妳。

謝謝妳一直保佑我。

謝謝妳讓我遇到大家。

謝謝妳送給我這麼好的禮物。

（……我會努力用功的，因為我絕對不會讓大家消失的！）

「……耶誕快樂，媽媽。」

我集中自己滿滿的心意。

將感謝的心，傾注在抱在胸前的古書。

——然而。

這個時後我還不知道。

因為這本書，我們將會遇到前所未有的重大危機……

後記

大家好，我是一之瀨三葉！

感謝各位閱讀《倒數計時！學科男孩》第四集！

本集來到了與耶誕季節相關的故事，各位讀者有沒有想起什麼與耶誕節有關的回憶呢？

我的話，就是小時候跟媽媽一起做蛋糕、準備耶誕樹……

還有就是早上起床時，會看到床邊放著耶誕老公公送來的禮物！

如果你有屬於自己的耶誕節回憶，歡迎你把第四集的讀後感想一起寫成信寄過來！

接著，順便在這裡公布一件大事！

其實最近我們開設了一之瀨三葉的官方網站！（https://ichinosemiyo.com/）

請各位一定要來我們的網站玩喔！

好了，我們就在下次的故事再見吧。

猜數字遊戲

遊戲方式

① 雙方先各自決定三位數的數字（自選的三個數字必須是不同數字）

- 例如：「946」、「152」

② 決定好先誰開始進攻後，雙方輪流猜對方的數字。

③ 對方猜測你的數字後，你要喊出自己的數字被對方猜中幾個。

【喊數字的重點規則】

數字和位置被猜中時＝「1A / 2A」
數字雖然被猜中了，但位置沒被猜中時＝「1B ～ 3B」
數字全部都沒被猜中＝「沒中」

三個數字及位置都被猜中時 ＝「全壘打」！

④ 誰先成功拿到全壘打就算誰贏！

對戰例子

先攻 *946*　後攻 *152*

先攻「123 ？」
後攻「1A1B」
　★「152」裡的 1 為 A，「2」為 B

後攻「128 ？」
後攻「沒中」
　★沒有在「946」裡猜中任何數字

這是需要運用戰術和策略的鬥智遊戲。每次猜完數字後請根據對方的提示紀錄猜中的數字，再從紀錄中推測有哪些數字。這樣就一定有機會找出是哪幾個數了。

下回預告

耶誕派對真的太好玩啦～！

小歷

我們過年也要一起過喔！
還有新年參拜，大家也一起去吧！

小圓

明年不知道是否也能過個好年。

小詞

那我們參拜時，要許什麼願望呢？

小理

……就許願過年能像耶誕派對一樣，大家平平安安、不要消失。

小計

但順利度過難關的他們，卻即將遭遇史上最大的危機——！！

敬請期待《倒數計時！學科男孩》第五集！

倒數計時！學科男孩④——目標！舉辦一場最棒的派對

作者——一之瀨三葉
繪者——榎能登
譯者——王榆琮
主編——王衣卉
行銷主任——王綾翊
內文校對——曾韻儒、謝馨慧
書籍設計——Anna D.
書籍排版——唯翔工作室

總編輯——梁芳春
董事長——趙政岷
出版者——時報文化出版企業股份有限公司
108019台北市和平西路三段二四〇號
發行專線—（〇二）二三〇六六八四二
讀者服務專線—〇八〇〇二三一七〇五
（〇二）二三〇四七一〇三
讀者服務傳真—（〇二）二三〇四六八五八
郵撥—一九三四四七二四時報文化出版公司
信箱—一〇八九九台北華江郵局第九九信箱
時報悅讀網——http://www.readingtimes.com.tw
電子郵件信箱——yoho@readingtimes.com.tw
法律顧問——理律法律事務所　陳長文律師、李念祖律師
印刷——勁達印刷有限公司
初版一刷——二〇二三年八月二十五日
初版四刷——二〇二四年七月一日
定價——新台幣二八〇元

時報文化出版公司成立於一九七五年，
並於一九九九年股票上櫃公開發行，
於二〇〇八年脫離中時集團非屬旺中，
以「尊重智慧與創意的文化事業」為信念。

倒數計時!學科男孩. 4, 目標！舉辦一場最棒的派對/一之瀨三葉文; 榎能登圖. -- 初版. -- 臺北市：時報文化出版企業股份有限公司, 2023.08

240面；14.8×21公分

ISBN 978-626-374-226-0（平裝）

861.596　　112012907